講談社文庫

つぼやきのテリーヌ

The cream of the notes 2

森 博嗣
MORI Hiroshi

講談社

まえがき

文庫書き下ろしというのは、初めての経験だ。以前から、やりたいな、と思っていた。あちらこちらに書いているが、僕は文庫が好きだ。書店では、単行本のコーナへ行くことはない。買うのは文庫か新書か雑誌。しかも、小説はほとんど読まない。一年に多くて二冊くらい。ノンフィクションは、百冊以上読んでいる。

ちなみに、本書は、デビューしてから僕が上梓した本としては二百六十五冊めになるらしい。これは、海外で翻訳されたもの（たぶん、五十冊弱）や、漫画になったもの（たぶん、五冊）、小説でデビューするまえに出した技術書（たぶん、十冊くらい）を除いての勘定だ。この頃は、電子出版の数字が飛躍的に伸びているが、それも含まない。これらの発行部数の合計を、出した本の数（二百六十五）で割ると、一冊がだいたい五万部くらいになる。最近では五万部なんてなかなか売れないから、平均値はしだいに下がってくるはずだ。できれば、この文庫書き下ろしも、その平均値を下げないようになってもらいたい（たぶん、無理だが）。

どうして、『つぼやきのテリーヌ』なのか、は書かない。そういう話をすれば、どうして僕は「森博嗣」なのか、についての説明も必要になって、面倒だ。うちの犬は、兄貴の方がパスカルで、弟はヘクトという。これも理由は言わないが、夏目漱石《なつめそうせき》の犬の名がヘクトーだと知って、まんざらでもない。そうそう、僕は、よく森鷗外《もりおうがい》と間違えられる。どうしたら間違えるのか驚愕の超常現象だが、世の中の大勢の認識とはその程度のものなのか。ちなみに、森鷗外も森茉莉《まり》も、ほぼ全著を読んでいるはず。夏目漱石は、二冊くらいしか読んだことがない。いまだに、日本の小説家で好きなのは、というアンケートをすると、夏目漱石の名前が上位に挙がるのも、大変不思議なことである。

そういうわけで（どういうわけだ?）、とにかく書き下ろしをしてみた。思いついたことをときどき（ワープロに）書き留め、百個溜まったところで、本文を一気に（数日で）書く、という手法によっている。この型式では四冊めになる。百の小文は、特に関連はない。この本に限っていえば、思いついた順で並んでいる。二ページに収まる分量で制限されているだけで、それ以外のことでは特に制限を受けていない。書いてはいけないことは、思いつかなかったし、書いてはいけないのに、書きたいと思ったことも一度もない。思いつきは、今年（二〇一三年）の前半で集め、本文は八月初旬に書いた。したがって、その時点では、森博嗣という名の作家は生きていた、という証拠になるだろう。

二〇一三年八月

contents

つぼやきのテリーヌ
The cream of the notes 2

1 「なんとかなる」って、そりゃ、なんとかはなるさ。

ものごとを引き受けるときに、「なんとかしましょう」と言われると、なんとなく頼もしく感じるものだ。しかし、これは、「なんとか、良いものにしましょう」というように、肝心の部分が省かれている。気をつけないと、詐欺に遭いそうだ。

困難に直面し、みんなで悩んでいるときに、「悩んでいても前進しない。とにかくやってみよう。なんとかなるさ」と明るく言う人がいる。千葉県の知事がやっていた昔のドラマを思い出す。まず、悩んでいるのは、どちらへ前進すれば良いのか、つまり、どちらが正しい「前」なのかを考えているわけであって、悩んでいる間は前進できないのは当然である。とにかくやってみようって、何をやってみるのか？　どちらへ進むというのか。どこへでも良いから進めば、もちろん前進はできるし、なんとかはなる。しかし、そのなんとかは、全然見当違いの残念な結果になる可能性が高い。しかし、この台詞を言い放った人間は、「とにかくやれることはやったんだ。悔いはない」なんて言う。元来こういう人間は、「悔い」というものとは無縁なのである。

普通の頭脳を持っている人は、悔いがあるかもしれないので悩む。だから立ち止まって、どうしたら良いのか、と考えてしまうのだ。こんなに高等で人間的な行為はない。しっかりと悩んで、悔いが残らないように考えよう。

ただし、稀にではあるけれど、やってみたらなんとかなる、という事例もある。これは、どちらが前なのかはわかっているけれど、どうもそちらへは進みたくない、進みにくいのではないか、と悩んでいる場合だ。これは悩んでいるというよりも、面倒だから躊躇《ちゅうちょ》しているのである。進む道が険しいから、もっと別の楽な道はないものかと悩んだり、誰か助けてくれないか、と期待したりしている状態といえる。

こういうときは、いやいやでも前進してみると、思っていたよりも簡単に解決することがあって、「なんとかなるものだな」という教訓を得る。この経験を重ねると、他者に対しても、「悩むな、とにかくやってみろ、なんとかなるから」とアドバイスをしたくなるだろう。でも、状況が違うことをしっかりと観察した方が良い。

もちろん、人生の初心者にとっては、自分が悩んで立ち止まっているとき、前進する方向がわからないのか、自分がやりたくなくて進めないのか、その区別がつきにくいこともあるだろう。ただなんとなく「やる気が出ない」という状況（あるいは体調）といえる。しかし、少し考えてみれば、いずれの悩みなのかは、きっとわかる。とりあえずおぼろげにでも「前」がわかれば、少し進むと、また状況が変わるかもしれない。

2 謝り慣れた人間ほど、ミスが多く、同じ失敗を繰り返す。

若者にはあまりいない。ある程度の年齢より上の男性に多い。特に、事務方のような人がそうだ。とにかく、丁寧に謝る。すぐに謝る。必要以上に謝る。こちらとしては、「そこまでしなくても」と引いてしまう。こんなに謝ってもらわなくても、と申し訳なく感じると同時に、「この人は謝り慣れているなあ」と感心するのである。

そういう人によく見られる傾向だが、また同じ失敗をするのだ。「あれだけ謝っていて、またミス？」と開いた口が塞《ふさ》がらないが、またも、丁寧に謝られる。まえ以上に謝る。とことん謝る。どうしようもないくらい謝るから、こちらがなにかを言う機会を失ってしまう。

ようするに、そういう「防衛」というか、テクニックらしい。「頭を下げておけば良い」という哲学なのだろう。それは、べつにかまわない。しかし、ミスが減らないのは困る。謝らなくても良いから、改善してもらいたいものだ。

僕は、どちらかというと、こういう一方的に謝る人間よりも、言い訳をあれこれする人の方が信頼できると感じている。言い訳するのは、自分のやったことにある程度の自信を持っていたからであり、こういう手段を取っていたのだが、裏目に出てしまった、上手くいかなかった、という理由を分析しているだけ、見どころがある、と思う。

ミスをしたとき、とにかくまず謝れ、という風潮が社会では支配的だ。子供のときからそう教えられる。なにかというと、反省させられるのである。反省するまえに、まず自分の立場を弁解させる、つまり、言い訳をさせるべきだろう。

たとえば、犯罪を犯した人に対しても、「申し訳ありませんでした。二度といたしません」という台詞を言わせようとするが、それよりも大事なのは、その人間の立場であって、こんな目に遭っていたから憎かった、殺してやりたかった、盗んでも欲しかった、とにかく金が必要だった、という言い訳を聞いた方が良い。このようなエゴをまずすべて吐き出したあとでないと、他者の立場というものは見えない。自分が見えない者に、他者の気持ちなどわからない。したがって、反省よりも言い訳を重要視すべきだ、と僕は思う。子供の教育にも、この理屈は当てはまる。叱るまえに、充分に言い訳をさせよう。自分の主張をしきったあと、しだいに周囲のこと、人のことが理解できてくるものではないだろうか。

謝れば済む、と思っている人は、何度もミスをする。本心で反省などしていないから、すぐに謝れるのだし、本心でないから、またミスをするのである。

3 「三度の飯より」って言うけど、飯を三度も食べないし、的な。

「私は、三度の飯よりも、これが好きなんです」という物言いがある。最近はもう少なくなったものの、年寄りの中には今でも口にする人がわりと多い。でも、この強調表現を聞くたびに、「そんなに三度の飯が好きなのか」と逆に驚くのである。好きさの度合いを強調するために持ち出すものとして、「三度の飯」が基準か、と首を捻《ひね》る。

「寝食を忘れて」という強調もある。寝るのも食べるのも忘れるほど没頭できる、という表現に使われる。これはわからないでもない。生理現象である睡眠や食事を忘れるというのは、非常に人間的な活動というか、精神が優位な状況といえる。たとえば、人間以外の動物は、寝食を忘れることは絶対にないだろう。

以前、ゼネコンの研究所から大学へ博士号を取得するために来ている人がいた。大学での身分は大学院生になるが、指導教官（僕）よりも年齢が上だったりする。なにしろ、博士号を取得して会社へ戻れば、研究所長になれるかもしれない、というくらいの実力者なんてことも珍しくない。そういう人とあるとき一緒に学会の発表会へ行った。ちょうどお昼になって食堂へ向かったが、混雑していて長い列ができている。その人は発表が午後一番で一時からだった。それで、僕は、お昼を抜いて、発表が終わってから（その頃には食堂も空くだろうから）食べましょうか、と提案をした。ところがその人は、自分は食事を抜くと駄目なんです、と言い、列に並んだのだ。

発表があるから緊張して食べられないというのならわかるのだが、食べないと駄目だ、しかも数時間のことが融通できない、ということに僕は驚いた。これは、その人を見下しているわけでは全然ない。まったく個人の問題で、人がとやかく言うものではない事柄である。ただ、僕は、そういう人が世の中にいるのだな、とびっくりしたのだ。研究者ばかりとつき合っていると、なかなか巡り会えない（たぶんごく普通の）人だったともいえる。このときのことを鮮明に覚えているのだから、よほど衝撃が大きかったのだろう。

遊んでいて、昼食を食べ忘れるなんてことはしょっちゅうだし、気づいても面倒だから食べないことも頻繁にある。食べないでも済むなら、食べない方が健康的だろう、と僕なんかは考えてしまう。だいたい、食べたあとというのは、気分が良くない。満腹になって喜んでいる人の気持ちは、僕はよくわからない。

そういう価値観なので、「三度の飯よりも」という表現が腑《ふ》に落ちないわけである。しかし、昔の人は、やはり飯が一番の「好き」だったのかもしれない、とは思う。

4 作れば作るほど優位になり、受ければ受けるほど劣化する。

あまり喩《たと》えたくはないが、作家と読者に置き換えて説明しよう。

創作する者も、またそれを読む者も、なにも知らない最初の状態が最も感性が研《と》ぎ澄《す》まされている。研ぎ澄まされるとは、「無心」に近い状態であるから、知れば知るほど鈍《にぶ》ってくる。作家は、書けば書くほど、あらかじめ持っていた発想を消費し、世界観も使い古される。また、読者も、一度面白いものを読めば、それよりも面白くないものに感動しにくくなる。どちらも、経験値が上がるほど不利になる。

一方、書く技術、読む技術というものは、経験することで養われる。具体的な一例を挙げれば、作家は容易に書けるようになり、読者も楽に読めるようになる。時間的にも速く書けるようになり、速く読めるようになる。作家にとっては、このような技術の向上は有利な要因となる。作品を生み出す生産性が上がるからだ。だが、読者はそうではない。消費性が向上するということは、ただどんどん読める、速く読めるというだけで、むしろ本代がよけいにかかる。沢山出費し多数を読まないと感動できない人になっていくのである。

だから、作れば作るほど優位になるが、受ければ受けるほど劣化するということになってしまう。他の分野でも、だいたい同じ傾向が観察できる。

実際には、受け手は、なんらかの対処をする。違うジャンルへ移って、そこでまた初心を取り戻す、というのが一般的だろう。あるいは、同じジャンルにいても、繰り返し繰り返し、スペシャルな「読み方」に没頭する、というマニアックな方向性もある。後者の場合、勉強と似ている。知識量を誇るような、一種のオタクっぽい方向性である。全然悪いことではない。研究者なんか、ほとんどオタクだといって良い。

作る方を料理人に、受ける方を食べる人に置き換えてみても面白い。料理人は、作れば作るほど技術的に上手になる。ただ、最初の感性からはあまり発展がない。食べる人は、最初に食べたものが美味しいと感じるだろう。違うものをどんどん食べるか、あるいはマニアックなグルメになるか、の選択しかない。

それでも、そういった技術的な向上を除けば、やはり最初の無心さが、非常に貴重なものであることは、数々の事例から明らかなようだ。最初に書いた処女作が、いつまでもその作家の代表作となることは多い（むしろ多数派である）。また、最初に読んだ作品というのは、一生覚えているものである。それは、やはりそのときの感受性に価値があったということになるだろう。

5 仕事ができる人は、出世などさせず、給料だけ増やせば良い。

どうも日本人というのは、仕事ができる人がすなわち出世をする、と考えているし、また、出世をしなければ給料が上がらない、とも思い込んでいる。実際にそのとおりの職場が多いので、そう考えるのもしかたがないが、それはそのシステムがおかしい、と考えるべきであり、これからは違ったやり方が増えてくるはずである。

何故このような不自然なスタンダードができてしまったのかというと、出世をした人が偉い、という価値観があり、また偉い人だから給料が高いとも広く信じられている。どちらも、よく考えたら、なんの根拠もなく、むしろ不自然である。

ある作業が得意だとか、ある職種で秀でた才能を発揮できる、という人はいるだろう。たとえば、技術者が専門的な分野で素晴らしい仕事をすることがある。そういう人を出世させて、工場長にしたらどうなるのか。その人は工場長として優れているわけではないかもしれないし、一人の有能な技術者を確実に失うのだから、その会社にとっては大損失といえる。

そんなことをせず、有能な人には、高給を与えれば良い。社長よりも高給の技術者がいても全然おかしくない。そうすることが、むしろ自然だし、仕事というものの本質に合致している。

そんな平社員に高給を与えたら、上司の言うことをきかなくなるのではないか、と考える人は、たとえば、サッカーのスター選手と審判の関係を思い出してもらいたい。審判がレッドカードを出せば、選手は従うしかないだろう。その選手がもらっている年俸がいくら審判よりも高いからといって、逆らうことは許されない。職場というのは、これと同じ秩序、つまりゲームとしてのルールがあるはずだ。

えてして、特化した作業に秀でるような技術者肌の人間は、自分の腕にプライドを持っているし、また、出世などしたくない、と考えている。そういう人の給料を上げることは、その人を評価することだ。この評価が、使える社員を育てることになる。「やりがいを持て」といった精神論ではなく、ちゃんとそれなりに契約として、報酬を与える方がわかりやすいし、たぶん、今どきの若者には理解されるだろう。

一方では、出世をして、上の立場にならないと実力を発揮できない、という人材もある。これは難しい。ヘッドハンティングみたいに、外部から連れてくるしかないかもしれない。難しいことの原因は、一度出世させると元に戻せないシステムにある。これが間違っている。相撲取りだって、負ければ降格するのである。

6 弁当を作ってもらって、もの凄く嬉しかった。

愛情というのは、実はいろいろなタイプがあって、外国語だと分かれている場合が多いけれど、日本語の場合は、ひっくるめて「愛」と言いきってしまうのだ。恋人を愛するのと、国を愛するのと、ペットを愛するのと、親や子供を愛するのとは、まるで違う気持ちだと思えるが、しかし、ひっくるめて考えることも、また同じくらい高等な思考ではある。だから、そういう高尚な精神を持つ意味でも、なんでもかんでも「愛」で良いのかもしれない。

さて、つい最近のことだが、僕の奥様が、昼に弁当を何度か作ってくれた。これは、非常に不思議なことだ。何故なら、別に出かけるわけでもない。家で食べるのである。また、何時間もまえに作ったわけでもない。作ってすぐに食べたのだ。タッパに入っていて、卵巻きとかおにぎりとかソーセージとかが入っていた。突然、書斎にそれを持ってきたので驚いた。なんとなく作ってみたかったのだろうか。理由はきいていない。

とても嬉しかった。美味しかったし、そういう経験ができたことが幸運だと思った。どうして弁当でなければならないのか、という理由がない点が非常に良い。それから、何故弁当だと嬉しいのか、という理由もよくわからないのが、また格別である。

こういう無駄なものって、ときどき面白い。愉快な気持ちになれる。たとえば、女性たちがケーキやドーナッツやチョコレートのアクセサリィを着けていることがある。耳からドーナッツがぶら下がっていたりする。ああいうのも、実に微笑ましい。だからといって、真似をするともう面白くない。最初に思いついて実行した人が偉いと思うし、驚かされるのは気持ちの良いものだ。

僕は、中学と高校の六年間が弁当だった。母親は料理が下手な人で、僕は母の味を美味しいと思ったことはないけれど、しかし、それでも弁当は美味しかった。小学校のときは、給食が大嫌いで、何故弁当にしてくれないのか、と先生に訴えたこともあった。

今の僕の奥様（昔から同じ人だが）は、料理がとても上手いので、なおさら弁当が美味い。子供のときのことを思い出して、懐かしんでいるのではない。子供のときの弁当よりも、格段に美味いからだ。母親には申し訳ないが、既に亡くなっているので、もうはっきりと書いても大丈夫である。

就職と同時に結婚をしたので、就職先（大学だが）では、弁当を食べていた。生協で食事をしたことは、学生のときしかない。どんなご馳走よりも、弁当が好きだ。理由というのはない。あるとしても、嫌いなものが入っていない、くらいか。

7 評価1の家電品を購入したが、大変満足できる製品だった。

ここ数年、家電店に行くことがなくなった。つまり、すべてネットで買うようになったからだ。店に行けば、店にあるものの中から選ばなければならない。どんなに大きい店舗でも、品揃えには限界がある。特に、新しいものしか置いていない。一つまえの型でも、安く買えばコストパフォーマンス的に良い場合がある。

つい最近、五万円ほどの家電品を購入した。これはガーデニングで使うものだ。一般に、本や音楽などは、人の評価など見るだけ無駄だが、道具に類するものは、使用法がほぼ限定されているので、「性能」という客観的な情報が共有しやすい。だから、アマゾンで買うときに、評価を少し気にする。

今回買ったものは、しかし、評価が悪かった。特に、1をつけている人がいて、その人の説明が長々と（丁寧に）書いてあった。まず、箱から出して組み立てようとしたが、まったく上手く組み立てられない。ほとんど欠陥品だ、と書いてあった。一方、最高点の5をつけている人は、満足できました、という主観的なことしか書いていない。少し迷ったものの、一人の知らない人間よりも、何度も購入しているこのメーカを信じるべきだと思って購入した。

組み立てるときには、少し気になった。そして、ああ、ここでこんなふうに間違えて力を加えてしまって、あのようになったのだな、という箇所がわかった。失敗といえるレベルのものだが、当人はカッとなって、この製品が悪い、と思うだろう。一旦そう思うと、とことん憎くなる。だから、どこどこが安っぽいだの、使い勝手が悪いだの、散々のレポートを書いたのだ。しかも、自分のような男性でもこうなのだから、女性にはほとんど組立ては無理だろう、と人のことまで心配して書かれていた。

結果として、僕はこの製品に大変満足できた。これまで同じ種類の道具を何度か買い替えているが、もう決定版といえるほど素晴らしい、と感じた。購入して良かった。

あの1をつけた人は、不幸だったとは思う。そして、頭に来て、あんなことを書いてしまったのだ。あのレポートを読んで、この製品の購入を控えた人も、同じく不幸である。つまり、素人の評価というのは、勘違いのレベルであっても、最低点をつけたりする。小説だったら、文字を読み間違えて、「意味が分からない作品だ」と言われることもあるだろう。こういうものが、「大衆の声」であり、「庶民の叫び」というものなのだろうか。とにかく、そこにあるのは、「生々しさ」であり、そして「無責任さ」である。噂を信じてしまう人は、いつの世にもいるが、それも自己責任だ。

8 死んでも直らない、と、死ななきゃ直らない、は大違いである。

これが同じだと思う人は、日本語の読解力に問題がある。「死んでも直らない」は、文字どおり、死んでもそのままだ、という意味だが、「死ななきゃ直らない」とは、死ぬまで直らない、つまり、死ねば直るかもしれない、という意味である。

だいぶ違う言葉だが、しかし、だいたい同じように使われている。たとえば、「馬鹿」とか、「酒好き」とか、「博打《ばくち》好き」などを主語にして用いられる。通常、死んでしまったら、馬鹿にも、酒好きにも、博打好きにもなれないわけだから、死んだと同時に、馬鹿でも、酒好きでも、博打好きでもなくなる。すなわち、死ねば直っているのだから、「死ななきゃ直らない」が正しいだろう。「馬鹿は死んでも直らない」と言うと、死んでも馬鹿のままであって、まるで死後の世界でも馬鹿であり続けるようなイメージとなる。死後の世界を信じている人には、この表現も成り立つので、そういう意味では間違いではないけれど、普通は、生きていないもの、たとえば石とか空が、馬鹿であることはないので、死んだ者もやはり馬鹿ではないと考えるのが科学的だ。

不謹慎な例を挙げると、癌は死なきゃ治らない、は表現として正しいが、癌は死んでも治らないは、やはりおかしいと言わざるをえない。死者は病気になることはできないだろう。でも、これが病気ではなく、たとえば、骨折であるとすると、死んでも骨折したままだから、「死んでも治らなかった」と言える。でも、骨折は、生きていれば、たいていは治る。このような不謹慎ぎりぎりの文章を書くと、大きな出版社（たとえば講談社など）の編集者は、やきもきするはずである。

もう少し不謹慎な例を挙げると、「人間は死んでも直らない」よりも、「人間は死ななきゃ直らない」の方が幾分良さげに感じられる。これも、死んだらもう人間ではない、という僕の認識が影響しているだろう。人によって捉え方が異なると思う。

「人間が直るって何だ？」と思った人もいるかもしれない。人間は、だいたい生まれたときから壊れている、と僕は考えているのだ。完全無欠な人間というものはない。でも、死んだら、「壊れていること」から脱することができる。

もっとも、その人間が残した物体や情報に目を向けると、たとえば、もう死んでしまった作家の文章を読んで「馬鹿だな」と思うことができる。これなんかは、死んでも直らない、と言われてしまうかもしれない。この場合、その作家は、その文章の読み手にとっては、まだ死んでいないことに等しいからだ。肉体が死ぬこと以外にも、人間の死はいろいろな意味がある。

9 個人情報は他の目的に使用しない、と書かれているが、漏洩はする。

名前とか住所とか電話番号などを不用意に書かない方が良い。僕は、とにかくポイントカードも一切作らない。会員にもならない。そんな情報、漏《も》れるに決まっているからだ。だから、べつに漏れても良い、と思っている人だけが加入すれば良い。

この頃、出版社に対しても、住所を明かさないようにしている。出版社には、そういった個人情報を秘匿《ひとく》するようなシステムがまだない。一度教えてしまったら、ほとんどみんなに知られてしまう、と考えた方が良い。僕は今、出版社からは、ある場所を通してゲラを受け取ったりしている。

住所を公開しない、という立場を取ると、たとえば、ほとんどの「会」に入会できなくなる。メールだけで活動に加われるもので、住所をまったく使わない場合には、非公開として入会できる場合もあるが、大半はそんなことはできない。

そもそも、ポイントカードとか会員とかで、無料でいろいろ特典があると、上手いことを言っているけれど、向こうはこちらの情報が欲しい。つまり、住所が知りたいのである。そのデータに利用価値があるからだ。それを「他の目的には使用しない」などと言っているのは建前であって、けっこう裏でやり取りをしていて、「漏洩《ろうえい》」させているかもしれない。でなければ、データを集める意味がない。

あちらこちらで会員情報が漏洩したなどとニュースになっているが、半分くらいは、漏洩させるつもりだったのではないか、というのが僕の認識である。とにかく、漏洩して怒っている人は、あらかじめ、漏洩しても良い対策を打っておくことをおすすめする。

そもそも、老人と呼ばれる年代の人には、「個人情報」というものの概念さえない。名前とか住所が知られて何が悪いのか、と考えているのである。そういう時代だったのだからしかたがない。

情報というのは、一度漏洩してしまったら、取り返しがつかない。住所が知られては困る、という人の住所が漏れた場合には、住所を変える、つまり引越をするしかない。これには膨大な費用がかかるが、漏洩のミスを犯したところは、絶対にその費用を負担してはくれない。せいぜい、三千円くらいの図書券が届く程度だ。その値段の価値だと思っている相手に、どうして大事な秘密を知らせなければならないのか、と考えた方が賢いだろう。僕はこれを二十年もまえから主張している。だいぶましになったとはいえ、まだまだセキュリティが甘い、と感じるのでまた書いておく。

10 町内会ではなく、町内清掃会にすれば良いのでは？

「会」のつくものがだいたい嫌いなので、できるだけ入会しないようにしている。ちなみに、五年まえに作家を引退したのを機に、作家の会もすべて退会した。同窓会にも関わらないし、親睦会《しんぼくかい》も出ないし、忘年会もすべてお断りしている。

町内会には、実は入っている。これは、僕一人ならば入らなかったが、僕の奥様（あえて敬称）が、入りたいと言ったからだ。だから、彼女が町内会の会合にも、町内会の清掃活動にも参加している。僕はノータッチである。

会合と清掃活動と書いたが、だいたいこの二つしかしていないようだ。会合というのは、何を話し合っているのか知らない。回覧板が回ってきて、奥様がチェックをしているが、ときどき募金とか、近所のイベントの連絡などがあるみたいだ（半分想像）。

清掃活動は、道の掃除をする。これも奥様だけが出ていく。朝の三十分くらいである。こういった活動は、僕も有意義だと思うので、参加することに吝《やぶさ》かではないけれど、今のところ出ていったことはない。いつあるのかも奥様が教えてくれないからだ。

町内会に入っていない人も多い。お隣の若い夫婦も入っていない。しかし、この夫婦は綺麗好きで、積極的に道の掃除をしている。たぶん、あの「会合」というやつが嫌いなのだろう。僕と同じかもしれない。

町内会などという名称にしないで、町内清掃会にすれば良い、と僕は思う。そうすれば、僕とかお隣とかが、参加することができるだろう。清掃はみんなで一度にした方が効率が良いし、イデオロギィなどにも無関係だ。何故、このようなわかりやすい名前にしないのか、と不思議でならない。町内会というものを今後も存続させたかったら、こういったわかりやすい名称に変更するべきである。でないと、外から見て実態がわからない怪しい団体に見えてしまう。気づいているだろうか？

会合をして、一緒に食事をして、おしゃべりがしたい、という人もいる。そういう人は、町内親睦会を作って、参加をすれば良い。全部ひっくるめて町内会としているのが問題なのだ。

こういったことは、同窓会とかでも同じだと思う。くくりが大きすぎる。もう少し、活動によって分けて考えるべきだろう。ただ人数を多くして、政治的な力を持ちたい、と考えている人には不向きな方向性だが、参加する側から見れば、これが合理的だと思う。違うだろうか？

それから、募金を町内会でしか集めない、というのもどうかしている。

11 「絆」という言葉に美しいイメージしか持たないのが最近の傾向。

「家族の絆《きずな》」というように使うのだが、これは、家族の間になくてはならない愛情というような意味に使われる。なくてはならない、ならまだ程度が良いが、絆というものが、当然あるものであって、そうでないものは異常だ、不謹慎だ、という風潮まで感じられるのは、いかがかと思う。

以前、絆は、そんなに良い意味ではなかった。僕などは、どちらかというと、「自由を縛《しば》るもの」というマイナスイメージに捉《とら》える。かつては、この言葉はそのようにも使われたのだが、だんだん、淘汰《とうた》されてしまった。マスコミが一辺倒で、絶対に悪い意味では使わないからだろう。近頃は、絆を押し売りしているように見受けられる。

絆というのは、牛とかの動物が逃げないように、足を縛っておく縄のことである。家族から逃げないように縛っておく縄なんて、本当に愛情だろうか。もちろん、動物は逃げてしまったら、生きていけなくなる場合もあるから、安全な場所にいるように拘束しているので、これは愛情かもしれない。でも、人間の場合は少し違わないか、とも思う。

逆に、悪い意味になってしまったものには、「説教」がある。僕が子供のときは、これはそれほど悪い意味ではなかった。偉い人に説教してもらうことは、ありがたいことだというイメージがあった。親が子供の先生に、「うちの子に説教してやって下さい」と頼んだりしたものだ。ところが、この頃は、「説教くさい」というように、上から押しつけられるもの、と捉えている人が多く、とにかく、説教など聞くものではない、説教する奴は困った人間だ、というふうに捉えている人が増えた。こんな態度だから、「上から目線」なんて言葉も出てきたのだろう。人の話をもう少し聞いたらどうなのか、と僕などは思うのだが。なんて書いたりすると、これも説教くさくなるのかな。

絆に戻るけれど、同じような意味の言葉に、「柵《しがらみ》」がある。こちらは、相変わらずマイナスのイメージでしか使われないが、そのうち、だんだん逆転してくるかもしれない。ときどき、プラスの意味に使っている人もいる。僕は、「家族の絆」ではなく、「家族の柵」を使った方がイメージが一致していると思うことが多い。

こういった、言葉の意味のずれをよく書いているのだが、新しい使い方が悪いということではない。言葉はどんどん変わっていくものだし、自分のイメージで使えば良い。ただ、それを聞いた人間がどう捉えるのか、を知っていると、誤解を避けることができて有益だ。だから、違う意味に取る人間がいることを、ときどきこうして書いている。これも、ある意味で社会の柵である。

12 「奥様がよく黙っていますね」と言われることが非常に多い。

毎日、庭で線路の工事をしている。また、機関車を出して、それを運転したりしている。家の中には、何百台もの機関車が飾ってあって、そのスペースだけでも、かなりを占めている。そういうふうに家を造ったのだ。これらを見た人、特に、僕が何者かを知らない人は、驚きの言葉として、「よく奥様がなにも言いませんね」と言うのである。だいたいは、五十代以上の男性の物言いだ。

あまりにも、大勢がこの言葉を出すので、考えたくなった。世の中の男性というのは、そんなに奥様に縛られているのだろうか。「貴方の奥様は、いったい何を言うのですか?」と真剣に尋ねたくなる。たぶん、なにか経験があって、酒を飲み過ぎたとか、競馬に金をつぎ込んだとか、そういうことに対して、奥様が釘を刺したのだと思う。抽象化すると、「よく金がそんなに自由に使えますすね」と言っているのだろう。金を使わないのならば、奥様はそんなに反対しないはずである。人に迷惑をかけているわけでもなく、健康に悪いわけでもない。金さえ使わなければ、反対される理由がない。

僕の場合、たしかに金は使っている。でも、自分で稼いだ金の一部である。全部ではない。半分でもない。奥様の分まで使っているわけではない。自分に自由になる範囲でやっていることだ。借金した訳でもなく、ほかに使う予算を削ったわけでもない。

さらにいえば、僕の奥様は、黙っているわけではない。ときどき、「ちょっといい加減にした方が良くないですか？」くらいの皮肉は言われる。ただ、「こんなことは許しません」と叱られたことはない。それは、僕の道理が、奥様にもある程度通じているからである。お互いに、道理を外れた行動をしているのではない、ということだ。

そんな自分の弁解をするのが本意ではない。何故、世間の男性たちは、それほどまで、奥様の物言いを気にするのか。まるで、「好きなことができないのは妻のせいだ」「自分の夢は、家族のために犠牲にした」とでも言いたげである。たぶん、それに近い解釈を自分で勝手に（無意識に）しているのだろう。

本当は、自分の夢が実現できなかった理由は、自分に夢がなかったからだ。夢を少し持っていたか、思いついたか、くらいはしていても、それを育てることができなかった。結局、夢らしい夢にならなかったのである。それを、家族のために尽くしたからだ、と弁解している。そういう人生だから、あんな台詞になる、というわけだろう。

一方、五十代以上の女性は、「良いわね、男の夢」とか、「ロマンがありますね」などと言う人が多い。旦那が勝手に諦《あきら》めているものを、妻はよく知っているようだ。

13 前半は良い話が書いてあるが、後半は宣伝になる。

僕は、新書をよく読む。これは、新書が今のようにブームになるまえからのことだ。岩波新書などは、読むものがなくなったこともあった。最近は、なんでも新書になってしまう。内容の薄いものが増えた（特に、森なんとかの新書など、ほぼエッセイだ）が、これは明らかに、社会の需要《じゅよう》に従ったものだろう。

この頃は、一年に百冊くらい新書を読むと思う。ジャンルの指向性はなく、政治、経済、心理学、歴史、社会学、医療関係、教育関係、文芸関係、芸能、とにかくなんでも読む。読んでつまらないというものは皆無で、読めばなにか発見がある。少なくとも、フィクションの読み物よりは、汲み取れるものが多い。真実ではないにしても、ある個人が見ている真実に近いものが、そこに観察できるからだ。

もちろん、まったく同調できないものはある。「ああ、こんなふうに見てしまうのか、古いなあ」と感じるものもわりと多い。それでも、そういう人がいるということは勉強になる。自分の意見と一致しないものを読むことは大切だし、むしろ一致しないものを積極的に知るべきだろう。

読んでいて、「面白い」「なるほどな」という感じになるのは、だいたい本の前半である。なかなか良いことを書いているな、と感心する。しかし、何故か後半になると、その「ちょっと良い考え」を自分はこんなふうに実践している、という具体的な話になっていき、NPOでこんな活躍をしている、こんな教室を開いている、こんな講演をしている、という宣伝に近づいていく。「なんだ、広報活動で書いたものか」と興醒《きょうざ》めになるのである。この例はとても多くて、ちょっといただけない。前半だけで止めておけないものか、と思えてしかたがない。

ＴＶやラジオや新聞の一般記事、インタビューなどは、ほぼ例外なくこんな内容である。なにしろ、そういう広報をしたいからわざわざ取材をさせているので当然だ。だから、この類《たぐい》のマスコミの記事を読む気にはなれない。書籍の大半も、この風潮に染まってしまった、と見るべきだろうか。でも、本は金を出して買う商品なのだ。その商品に宣伝を入れるならば、本を無料にして配るべきではないか。

では、広告の何がいけないのか、という話になるが、人間というのは、人にものをすすめるときに、どうしても誇張し、嘘が混《ま》じり、綺麗事《きれいごと》で飾り、問題点を隠してしまうからだ。人にすすめる、という態度が、自然にそうさせてしまう。情報が客観的ではなくなってしまうために、価値が下がる。

14 作品を作り直そうと思ったことはない。成功作も失敗作もない。

小説だけではない。趣味で作る模型であっても、あるいは研究論文であっても、まったく同じだ。明らかなミス（たとえば、誤植や計算間違い）は直したいと思うし、実際に直す機会がある。それ以外は、過去の作品を直したいと思ったことは一度もない。人からの評価というものがあって、人気のあるもの、不人気のもの、というのはたしかにあるが、それは自分の評価とは無関係だ。誰かから褒《ほ》められたり、貶《けな》されたりすれば、「ああ、この人はそういう人か」と思うだけで、作品についての是非に考えが及ぶことは僕の場合はない。

自分の作品について、成功作だとか失敗作だとか、そういうことも決めていない。ただ、そのときに作ったものとして、それが存在するだけだ。それは、自分の人生で、昨日、一昨日、一年まえ、十年まえ、というものが存在したのと同じことで、昨日は失敗だったたか成功だったたか、過去のことをいちいち評価してもしかたがない。「私の十年まえは最高傑作だ」なんて言う人はあまりいないだろう。良いことも悪いこともともにあった。ただ、そのときのものだ、というだけである。

もちろん、そのパーツとなるような部分的な箇所では、これは上手くできたな、といった「点」はある。たとえば、僕が自作のミステリィのトリックで、最も「技の冴《さ》え」があるなと考えるのは、『φ《ファイ》は壊れたね』だし、最も「論理の冴え」が示せたのは、『詩的私的ジャック』だ。これらは、読者の多くには伝わらないようだが、自分の評価は揺るがない。だから、読者の多くに伝わらない事実は、読者が、そういうものを求めてない、ということを僕に知らしめることになる。それを知ることは価値があるので、そういう意味では、商品として成功しているともいえる。これが本当の「手応え」だ。

その種の細かい部分は、無数にあって、具体的に上げたら、千点は軽く越えるだろう。一度、そのリストを作っても良いが、残念ながら、それを公開しても、僕には得るものがなにもないだろう（印税くらいか）。

どの作品にも、その作品が一番だというパーツがある。これは断言できる。この事実がなければ、その作品の存在理由がないし、そもそも完成させていない。世に出していない。なにか新しい点があるから、作品を作るのである。これがわかっていない人は、ものを作る人間、つまり、作家にはなれないだろう。

そういう点が、ささやかであれ、どの作品にもあるから、成功も失敗もないし、作り直そうなんて、考えることもないのである。

15 一％のインスピレーションは、九十九％の努力よりも価値が高い。

エジソンの言葉らしいが、これを普通の人は、「成功のほとんどは努力によるものだ。だから、みんな努力を怠るな」という意味に取っている。それがもう凡人の発想であって、そういう価値観では、エジソンのような偉業はなしえないだろう。

本当にこんなことを言ったかどうかは知らないが、この言葉の本質とは、その一％の難しさにある。ほんの少しのことで、僅《わず》か一％が欠けているだけで、成功に届かない。九十九％までは誰にでもできるが、あと一％が雌雄《しゆう》を決する、ということなのである。

たとえば、会社のようなグループを見てみればわかりやすい。九十九％の努力は、従業員が担っている。努力はしているけれど、誰にでもできることだ。金で人を雇えばその仕事は片づく。しかし、一％の発想がなければ、その会社は存続できない。トップに要求されているものが、ここにある。

そもそも、その一％は、最初にある。そこからすべてが始まるのだ。その一％がなければ、何をどう努力すれば良いのかさえわからない。「力になりますよ」「なんでも申しつけて下さい」と九十九％のスタッフが待ち構えているが、一％のインスピレーションがなければ、なにもスタートしない。

努力というものは、たとえて言うなら肉体労働に近い。しかし、発想することは、努力では達成できない。苦しんでも苦しんでも、出せるかどうかわからない。まえに進んでいるかどうかもわからない。ただ、なにもないところから、ふっと現れるもの、生まれてくるものを待って、それを受け止めるだけなのである。

だから、苦労というか、時間というか、そういう仕事量としては、たしかに一％かもしれないけれど、結局は、残り九十九％をも含めたすべての価値がそこにあったのだ、と評価できる。一度思いついてしまえば、あとは作業が待っているだけで、あるときは、この作業は楽しいものでもある。なにしろ、思いついたものが現実に形になっていくのだから面白い。でも、いくら楽しくて面白くても、ここに本質があるわけではない。勘違いしてはいけない。

子供には、とにかく頑張りなさい、と教えている。努力は必ず報われる、と教えている。しかし、それははっきり言って間違いだ。正確に言うなら、努力は必要なものだが、何を努力すれば良いか、という発想がそのまえにある。その発想の方が重要だ。

ただし、努力している集中状態から発想が生まれることが多いので、努力なんてまったく意味がない、とは必ずしも言えない。

16 電子書籍はどうですか？ ときかれる。もうずいぶんまえに答えた。

五年で電子書籍と印刷書籍はひっくり返る、と書いたのは、二年か三年まえのことだから、あと二年くらいか。現状はどうかというと、たとえば、森博嗣の場合について調べてみよう。

新刊は、一部を除いて、同時に電子書籍化しないので、ちょっとわかりにくい。そもそも、新刊は文庫ではなく単行本で、という不思議な伝統があるし、これを買うのは、ほぼその作家のファンだ（と僕は認識している）。ファンでもないのに単行本を買うのは、図書館くらいだろう。近頃では、ファンでも文庫を待つし、ファンでも図書館で読むし、ファンでもブックオフで中古を買うのが当たり前になっているから、ファンというのは、昔よりも奥床《おくゆか》しくなった、と認識を改める方が現状に合致している。

それはどうでも良いが、そういった新刊の収入は目立って多い。何故なら、単行本は高いし、売れるか売れないかは知らないが、けっこう沢山の部数を作る（具体的には、一冊出れば、五百万円ほどはもらえる）。これは、たぶん作家に対するボーナスのようなもの、「よく書いてくれました」という報奨金みたいなものだ、と考えることもできる。考えることができない人も多いと思うが、目くじらを立てるほどでもない。

そういった新刊の収入を除くと、既に出ている本が増刷されて、毎年入る印税になる。ようするに、今すぐ新作を書くのをやめてしまっても、この収入は、その後もしばらく（みんながその作家を忘れてしまうまで）続くことになる。電子書籍は、今のところ、このような重版と同じレベルのものである。新刊が電子書籍ですぐに出ることは稀であって、既に出版されて何年も経っているものが、電子出版で売り出されているケースがほとんどだからだ。

それで、森博嗣という斜に構えたふてぶてしい作家について見ると、今年（二〇一三年）は、だいたいそういった印税のうち三分の一が電子出版によって得られた収入だった。印刷書籍は印税率が低いが本が高い、一方、電子書籍は印税率が高いが本が安い。だから、売り上げは、だいたい部数の比率とも取れる。印刷書籍の場合、重版したときに一気に何千部分もの印税がもらえるのに対して、電子書籍は一冊一冊、売れた分だけが印税の計算対象になる、という違いがあるだけである。ちなみに、昨年は一桁小さかったし、一昨年はもう一桁小さかった。あと二年で、逆転する可能性はかなり高い。

予測が当たる当たらないの話をしているのではない。そんなのは時間の問題なので、多少の前後はあっても、もうすぐひっくり返ることは確実だろう。

17 小さい政党の存在理由は？野党はどうしなければならないのか。

政治家というのは、自分ではなりたくない職業ナンバ・ワンだが、しかし、そういう人がいて本当に助かっている。できるだけ給料を上げて、優秀な人材が集まってほしい。日本の国会議員は、沢山の政党に分かれている。アメリカ人やイギリス人などに、ときどき、社民党や共産党などの小さい（少人数の議員しか出していない）政党は、いったい何のために存在するのか、と質問されるのだが、僕は、「さあ、どうしてでしょうね。僕はわかりません。というか、僕もあの人たちにそれをききたい」と答えている。

そんな僕も、若いときには共産党に票を投じていた。そのときは、この政党の主張は正論であり、正しいものはいずれ認められ、主流になっていくだろう、というふうに考えていた。しかし、全然そうではなかった。

抽象すると、世の中に正論というものはなかなか通らない、ということだし、そもそも正論というものは存在しない、といっても過言ではない。学問のように、これが正しい、とみんなが認めることはまずないのだ。

まえにも書いたが、民主主義というのは、みんなが不満を分かち合う精神の上に成り立っている。それが平等という意味だ。だから、ほぼ全員が不満を持つ。どこかに不満が集中しない、ということが政治の役目ともいえる。だから、これが正しい、絶対に譲れない、ということでも、あるときは譲らなければならない。そうしないと、主張をぶつけ合うばかりで、なにも決まらないし、前に進まないことになる。

日本の野党は、与党の反対をするために存在しているように見えた。国民が負担しなければならない不満を、そのつど取り上げて、反対をする。だから、その不満を持っている当事者は嬉しいから声援を送る。だからといって、ではその野党に政治を任せたらどうなるのか、というと、これはもう幾度か失敗をしている。まともな政治はできないのだ。反対ばかりしている人に、大勢の意見を束ねて、まとめることはできない。

そもそも、野党があんなに小さな政党に分かれていることが駄目な証拠である。与党を倒したいのならば、一致団結しなければならない。意見が違っても、主義が異なっても、そんなことは小事であって、内部で揉めても、外では一致団結する。それができないようなグループに、どうして日本全体を束ねてまとめることができるだろう？

自民党は、いけ好かない政党で、僕は滅多に票を入れないが、少なくとも、全体をまとめるという手法を持っているようだ。政権を維持することで学んだのかどうかはわからないが、このまとめる力は、政治家には不可欠な素養だと思われる。

18 「何が言いたいのかわからない」と言う人は、何が言いたいのかわからない。

「何が言いたいのかわからない」という形容を、あらゆるものに使う人がいるのだが、本来これは、何が言いたいのかわかるものに使ってもらいたい。たとえば、誰かがなにかの主張をしているのを聞いたときに、その主張が理解できない、という意味に使う。この場合、主張が悪いのか、それとも聞いた人間の頭が悪いのか、どちらかだ。だから、「あれは何が言いたいのかわからない」と言っている人間は、自分の能力を謙遜《けんそん》している可能性もある。ただ、ほとんどは、単なる非難でしかなくて、「俺にわかるように言え」という主張をしているのではないらしい。

小説とか絵とか音楽とかは、これは芸術だから、主張があるわけではないので、本来なにかが言いたいわけではない。だから、何が言いたいのかわからない理由は、なにも言っていないからである。そんなことない、なにか主張はあるだろう、と思う人もいるはずだが、それは「主張」を「テーマ」とか「内容」とか「意味」と勘違いしている。もちろん、テーマも内容も意味もあるだろう。でも、それは「言いたいこと」ではない。もしかしたら、「言いたくないこと」かもしれない。そこをよく理解してもらいたい。

たとえば、数学の問題が解けないとき、「この問題は何が言いたいのかわからない」と怒ってもしかたがない。数学の問題は、なにかが言いたいわけではなく、ただ、内容があるだけだ。問題は、貴方に解いてほしいわけでもない。そういう「意思」あるいは「願望」は、問題提出者にはあまりない（一部の優しい先生はこの願望があるらしい）。同様に、作家は、芸術作品を通して、読者にわかってもらいたい自分の意見なり、気持ちなり、というものはない。そういう願望で書いているのではない、ということである。

まえにも書いたが、こういう誤解をしてしまうのは、学校で国語の時間に、「作者は何が言いたいのでしょう？」なんて馬鹿な問題を出すからである。これは、せいぜい、「作者は何を言っているのでしょう？」にしてもらいたい。「言いたい」と「言っている」は大違いだ。また、ほとんどの場合は、作者は、特になにも言っていない。ただ、読み手が、言っているように感じるだけだ。読み手がそう感じることを、作者は想定しているし、そう感じるように書いていることもある。でも、それがすべてではないし、全員にそう思ってほしいとも考えていない。そう取る人もいるだろう、ま、それでも良いか、というくらいなのである。

マスコミも、この国語の問題の見当違いに引きずられていて、あらゆることに適用しようとする。「今回の台風は何がしたいのでしょうか？」とそのうち言いだすだろう。

19 「有名」に価値があると思い込んでいる人が多い。

「それほど有名でもないですよね」というように、「有名でない」という言葉を悪口として使う人がいる。そういう人に出会ったら、「もしかして、有名だと良いと思っているの？」と尋ねることにしている。こういう人は、半分よりも多いように観察される。

僕は、有名という状態に価値を見出せない。たとえば、自分は有名になんかなりたくないし、有名であることが、どのような価値を持っているのかもわからない。有名というのは、ただ大勢に知られている、というだけのことだ。一円玉は、誰もが知っているから有名だが、しかし価値は一円である。有名かどうかは、価値には無関係なのだ。

しかし、歴史的に見ると、価値があるものが有名になる事例はあった。そういうものがあったから、有名だと価値がある、という感覚が生まれたのだと思う。昔はそうだったかもしれない。でも今は違う。今は、有名とは、宣伝によって作られるものだ。宣伝費をかければなんでも有名になる。どうして有名にしたいのかというと、有名だということでつい買ってしまう人が多いからで、極端に言えば、人の錯覚を利用して騙しているようなものである。

別の例を挙げよう。ノーベル賞を取って有名になる学者がいるが、その人は、ノーベル賞を取るまえから偉かったわけであって、ノーベル賞を取って偉くなったのではない。ノーベル賞で有名になっただけで、学者としての価値は以前と変わらない。ただ、有名になると、これまで無関心だった人が振り向いてくれるから、政治的な意味でやりやすくなる（たとえば、研究費が下りやすくなる）という効果がある程度だろう。あと、近所でとか親戚からとか、なんとなく認められるようになる、という些末《さまつ》な効果もある。どうでも良いことと言えばどうでも良いが、こういうことで、生きやすくなる人もいるようだ。

僕は賞というものに興味はないが、たまたま僕の研究の恩師だった先生が、積極的に賞を取るように、と僕を後押しした。言われたとおり申請などをしていたら、沢山の賞をいただいた。だから、学者としての履歴には、いつも輝かしいリストを書くことができた。その分野では有名になれたかもしれないが、一般の人は誰も知らない。それは、芥川賞とか直木賞とか（わざと書くが）メフィスト賞とかでも、マイナさでは同じであって、賞というものも、また有名という形容も、ある一部の範囲における一時の知名度だ。本人の価値がそれで高まるわけではない。商品が一時的に売れることはあっても、あとで「有名だから買ったけど」と文句を言われるのが落ちである。

20 とても五十代には見えない、というのが流行っているらしい。

五十でなくても、四十でも六十でも良い。ようするに、とてもその歳には見えない、ということが言いたいらしい。で、その写真を見ると、誰が見ても五十だろう、という人の顔がある。不思議だ。ネットで、八十歳のスーパ・モデルの動画を見たときには、たしかに凄いとは思った。でも、そう、三十代には見えない。五十代か六十代に見えるかな、という程度である。

僕は、タクシーに乗ると、だいたいタクシーの運転手と話をしてしまう方なのだが、自分から話しかけることはない。どちらかというと面倒なので、話をしたくないのだ。それでも、なんとなく話しやすいと思われてしまうのか、それとも、黙っていて不気味な奴に見えるからなのか、運転手が話しかけてくる。それにいい加減に応えているうちに、「お客さん、いくつですか?」と何度かきかれた。だから、正直に年齢を言うと、「え、嘘でしょう」とまた何度か言われた。「いくつに見えますか?」なんてきいたりはしない。相手に、年寄りに見えたのか若く見えたのかも、べつにどちらでも良いので、白黒つけたりはしない。ただ、そんなに歳相応に見えないかな、と不思議に思っただけだ。運転手は信号待ちのとき振り返って、じっとこちらを見るのである。どうしてそういう話になるのかというと、相手が自分の子供の話を勝手に始めて、そうですか、そうですか、と聞いていると、「お客さん、子供はいるの？」なんて質問されるから、「いますよ」と答えて、「いくつくらいです？」ときくので、「二人」と言うと、「いえ、歳はいくつ？」と言うので、「えっと、もうすぐ三十かな」なんて答えるわけで、そこで相手がびっくりするのだ。運転手の子供はまだ若い。客は自分よりも歳下だと思っていたら、子供が三十ときいて、「え？」となる。こういうことが、少なくとも十回はあった。どうして、タクシーの運転手は、そんなに自分の子供の話をしたがるのだ？

ま、それはそれとして、僕は二十代の頃から頭には白髪が交じっていた。これは、実は僕の奥様も同じで、彼女は十代からそうだった。彼女は染めていたが、僕は染めたことは一度もない（だいたい、成人して一度も床屋に行っていない）。だから、二十代のときには、年寄りに見えたかもしれない。思い起こしてみると、タクシーに乗ったときには、だいたい帽子を被っているので、白髪は見えなかったのだ。

ま、それはそれとして、べつにいくつに見えても良いではないか、と思う。女性は若く見られたいらしい。ときどき、「私、いくつだと思います？」なんてきいたりする人もいる。いくつに見えようが、貴方の年齢に影響がないことを、僕が保証します。

21 「いきなり失敗して、それで舞い上がってしまった」って、変でしょう？

これはどういうことかというと、「舞い上がる」を、「焦ってしまう」とか「しどろもどろになる」という意味に使っているわけである。念のために書いておくが、「舞い上がる」とは、「有頂天になる」という意味で、喜んで浮かれてしまうことだ。「気分が舞い上がる」というと、今で言う「テンションが上がる」と同じかもしれない。

似たものに、「テンパる」というのもある。これは、もともとは麻雀用語だったと思う。リーチをして、あと一牌《いっぱい》で上がる、もう一息で完成する、つまり「準備万端」という意味の言葉だ。しかし、いつの間にか、「焦る」という誤用が多くなり、今では主流になってしまった。たぶん、もうちょっとで完成するぎりぎりの状態で、どきどきする、という雰囲気があって、さらに、テンションのテンにも似ているから、「張りつめた状態」という意味に使われ始めたためだろう。

だから、今では、「舞い上がる」と「テンパる」はだいたい同じ意味になったようだ。少なくとも若者はそう使っている。「何を舞い上がっているんだ」「何をテンパっているんだ」と野次《やじ》られたりするのだ。

「切羽詰まる」も、同じように使われているのを何度か見た。これも、本来は少し違う。ピンチに陥るという意味があったはずだが、単に、「焦る」とか「どきどきする」という意味に使われていることがある。

言葉というのは、友達と話しているうちに、周囲で使われている新しい言い回しを覚えたりするわけだから、誰かが間違えて使えば、仲間はみんなそれに染まる。また、いちいち意味を確かめないから、その場の雰囲気で勝手に解釈する。そこで少しずつずれてくる結果になる。辞書を引いたりしないし、本を読んだりもしない。そういう人が大半だから、違う意味になってしまう。ときどき修正しないといけない。なにしろ、通じないと困る。言葉の意味がなくなってしまう。

つい最近、TVの天気予報で、女性のアナウンサが、「さきほどまでの雨が嘘のように、今は雨が降っていません」と言ったので、僕は「今年最高のジョークだ」と非常に面白かった。しかし、どうも本人は巫山戯《ふざけ》たつもりはなさそうだった。アナウンサでも、ここまで乱れているものか、と思ってしまったのだが、いかがか。

スーパのレジで、「ポイントカードをお持ちですか?」ときかれると、僕の奥様は、「いえ、ないです」と毎回答えていた。あるとき、僕は我慢ができなくなり、「ありません、と言った方が上品だよ」と彼女に進言したことがある。

22

誰にでも「頑張れ」と言える人は、かなり無神経。

「頑張ってね」「頑張って下さい」という言葉を、安易に使いすぎる。これを口から出すまえに、少しで良いから、相手がどんな状況なのか察する必要がある。それが本当の誠意というか、心遣いだと思う。ただ、言葉だけで、「頑張ってね」と優しく言っているつもりなのだろうけれど、非常に無責任で、無神経も甚《はなは》だしい場面が散見される。

大きな災害があって、家族を失った人に対して、どうして「頑張れ」なんて言えるのだろうか？　自分の胸に手を当てて考えてみよう。言葉というのは、かければ良い、黙っているよりもなにか言った方が良い、というほど安っぽいものになってしまったのか。

だから、僕は、「頑張れ日本」みたいなコピィが大嫌いだ。スポーツだけにしてほしい。

たとえば、「考えろ！」とか「走れ！」という言葉は、考えていない人、走っていない人に向けてのメッセージである。後者は、走っていないか、走り足りないことが目で見えるから、誤解は少ないが、考えているか考えていないかは、見た目ではわからないから、前者の「考えろ！」というのは、なかなか言いにくい。相手は考えているかもしれない、という気遣いをすべきだろう。

　これと同様に、「頑張れ！」というのは、頑張っていない人に向けられる言葉であって、ある意味で、「さぼるな！」とか、「もっと一所懸命やれ！」という語感がある。そういう意味なのだ。それを簡単に使っている神経が非常に貧しい、と僕は感じる。いろいろな災難が降り掛かり、もう不幸のどん底にいる人は、生きているだけで既に頑張っている状態である。そういう人に「頑張ってね」と声をかけて、「え？　何をどう頑張れば良いのですか？」とき返されたら、どう応えるのだろうか。

　難病で苦しんでいる人、もう絶望だと思われる人、それをきちんと理解して、受け入れようとしている人に対して、手を握って「頑張ってね」と言えるのは、どういうふうに状況を解釈しているのだろうか？

　もちろん、相手の方がよくできた人であれば、なんとなく気持ちを伝えたかったのだな、というふうに良い方へ受け取ってくれるかもしれない。そうでなくても、ただ、声をかけてもらっただけで嬉しい、という状況だってあるだろう。しかし、それでも、やはり言葉の意味として、これは言うべきものではない。

　では何を言えば良いのか、というと、それはそのときどきでもっと考えれば良い。思いつかなければ黙っているしかない。いい加減なことを言わないことである。TVに登場する人間の浅はかさが、こういうときに露呈《ろてい》するが、真似をしないように。

23 フケがストレスで出るというのは、本当のようだ。

フケというのは、本当は雲脂とか頭垢と書くらしいし、日本語なのだからひらがなで書くべきだが、メガネとかレンガとかロートなんかも、かたかなで表記することが多い。まあ、文章中で読みやすいということだろう。僕の奥様のスバル氏も、ほんとうはすばる氏なのだが、文章中に埋没しないように、かたかなにしている。カタカナと書いたものも多いようだ。

そんな話ではなく、フケである。僕は、中学と高校のときは、フケが出た。髪の毛が多かったからかもしれない。就職して（助手になって）しばらくは出なくなったので、結婚したからかな、なんて思っていたが、助教授に昇格してから半年後くらいに、また少し出た。まあ、目立つほどではないので、べつになにもしなかった。そういうものだろう、と思っていた。ちなみに、頭は毎日洗っている。洗いすぎかな、とも考えたが、洗った方が気持ちが良いので欠かさず洗っている。これは今でも同じ。

それで、その三十代の前半以降は、考えてみたらフケが出たことがない。シャンプーを変えたわけでもない。フケはストレスで出る、とときどき聞くのだが、本当だろうか。たしかに、中学と高校はストレスがあった。あと、助教授になったときも、会議が増えて嫌な思いをした。相関はありそうだ。

あまり深く考えなかったのだが、今飼っているパスカルという犬が、ときどきフケを出す。それも、近くに小さい子供がいるときに出る。もう、速攻で出る。パスカルは、小さい子供が大嫌いなのだ。近くにきて、パスカルに触ろうとすると、背中からフケが出るのである。こんなに速く、皮膚が反応するものか、と驚くばかりだ。しかも、子供がいなくなると、フケはもう出ない。普段はまったくそういうことはないので、例外というものがない。フケがストレスで出るというのは、どうやら本当のことらしい。すべてのフケがそうだとは言わないが、僕のフケとパスカルのフケはそうである。

子供が嫌いというのは、パスカルが正直だからだと思う。僕も、子供は嫌いだ。子供が可愛いという先入観がないので、普通の人間として観察するわけだが、やはり礼儀がないし、何をするかわからないし、挙動不審《きょどうふしん》で、傍若無人《ぼうじゃくぶじん》なので、嫌われる要素はある。ただ、常識的には、子供はそういうものだ、と解釈されるだけのことである。僕もパスカルもそういう常識がない。もちろん、非常に礼儀正しい良い子もいて、僕はそういう子供は好きだし、パスカルもフケを出さない。子供というのは、相手にストレスを与えるものだ、ということを、多くの人はもう少し素直に受け止めた方が良いだろう。

24 「もう二度と貴方の作品は読まない」と言われたら、どうする？

「こんなもの、読んで損をした。もう二度と読まない」ともし読者に言われたら、どういうふうに応えれば良いだろう。「申し訳ありませんでした」と頭を下げて謝罪するのだろうか。謝罪をして、許しを乞うというのは、「そう言わず、別の作品も試してみて下さい」という姿勢だと思われる。これは、商売としては、あるべき方針というか、ごく当たり前のスタンスといえる。

「合わない人もいるんだ。自分に合うものを読んで下さい」とアドバイスをすべきだろうか。しかし、そんなことは言わなくても良いだろう。向こうは、そもそものつもりである。自分に合うものを探している。それが一般的な読者だ。合わないものを探している人はいない。でも、「損をした」と怒られているわけだから、多少の責任は感じる。本代を返却すれば良いかな。でも、そんなことを作家が勝手にするわけにはいかない。商売の大半は出版社の仕事なのだ。書籍を購入するという場合、つまらなくても、返品するというシステムはない。読めば、それは消費したことになるからだ。

正解を書こう。これは、僕が考える正解だ（当たり前である）。上記のようなことを言われたときには、「ありがとうございました」と返答するのが良いと思う。何故なら、相手が発している言葉から抽象される意味は、「貴方の作品を読みました」だからである。しかも、「もう二度と」と強調して言っているところを見ると、どうも過去にも駄目なものがあったけれど、別の作品も試してみた、でも、やはり駄目だった、といった意味合いにも取れる。たぶん、そうだろう。であれば、なおさら、お得意様だったわけで、やはり、感謝をしなければならない。

逆に、「面白かった。また読みたい」と言われても、返答は同じである。抽象される意味がまったく同じ「読みました」だからである。どちらも、次に僕の作品を買ってくれるかどうかは不確定だ。確率的に、やや後者が高いという程度である。僕が受ける印象としては、前者では四十パーセント、後者では五十パーセントくらいだろうか。

そんな未来のことは、どうでも良い。それは、まだ僕の作品を読んでいない人でも同じで、そのような確率を考えてもしかたがない。ただ、過去に対しては、貶《けな》されようが褒められようが、とにかく作品を読んでくれた、ということ。もちろん、本を買ってくれたかどうかはわからない。その確率は三十パーセントくらいかもしれない。

言葉から、その意味を抽象することは大事だ。感情的なもの、社交辞令などを取り除いた本質を理解することが重要だと思う。

25 クローン犬がネットで否定的に扱われていたが、べつに良いと思う。

愛犬が死んだあと、その犬と同じDNAの子犬を育てるという話である。これに対して、「外見が同じでも、中身は違う」と怒っている人たちがいるが、そんなことは当たり前だ。違うと理解してクローンを作るのである。生きていたときの記憶が犬のDNAにあるわけではないなんて、当然だ。だから、そんな話ではない。

外見が似ているといったら、血統書付きの犬で、前の犬と似た犬を探すこともいけないことなのか。子供のときをもう一度、と思うならば、似ている外見のものを求めることはべつに悪いことではない。僕は、クローン犬を特になんとも思わない。こんなことで、怒りだす神経の方が、気持ちが悪い。たとえば、双子の人に対して、「あなたたちは似ているけれど、違う人間なんだぞ!」って怒りをぶつけているようなものだ。

生まれてくる犬が可哀相だ、というのも、まったく根拠がわからない。生まれてくる子は、きっとまえの犬のように可愛がられるだろう。さらにもっと、可愛がられるかもしれない。何が悪いのか? ただ、クローンとか、コピィとか、言葉に過剰に反応しているだけだろう。意味がわかっていないのではないか。

　僕は、人間であっても、クローンを作ることはそれほど大きな問題だとは考えていない。明らかに違う人間として扱わなければならない、という点が重要なだけである。つまり、クローンというのは、人間の完全なコピィだというSF的な妄想を捨てる必要がまずあるだろう。そう、確実に妄想なのだ。

　僕は、今飼っている犬が死んだら、次は、また違う犬を飼うだろう。同じ犬種であっても、それぞれに全然違う。違うから面白い。この子はどんな子なんだろう、と手探りで育てることが、楽しみだし、そういうふうにお互いに理解し合っていくうえで、愛情が育つ。それは、もちろんクローンであっても同じで、その愛情を育てることができるだろう。でも、未知なものは、クローンでない犬の方が比較的多いとは思う。

　元気で長生きをした犬のクローン犬ならば、生まれつきの病気を持っている確率は低くなる。そういうメリットはたしかにある。運動神経の良い犬、賢い犬というのも、やはりクローンであれば再現される確率が高い。それは、品種改良や自然淘汰など、これまでに散々行われてきたものの延長上にある技術で、人間がそれに干渉するという責任を、多少議論あるいは認識すべきである、という点は重要だが、クローンだからというだけで全否定する姿勢は、少なくとも科学的でないし、ある意味では差別である。臓器移植や輸血にも反対する人はいる。何故か、気持ち悪いと考えるらしい。

26 無料のものに支配される世の中。

グーグルとかYouTubeとか、とても便利だから利用している。これを利用しないと、大変なことになる。そういう世の中だ。大変なこと、というのは、つまり、自分で金を出して、自分で面倒を見なければならない状態のことで、こうなっては困る。便利なものが無料で提供されているのだから、ありがたい。そもそも、インターネットが無料だ。

ちょっと気になるのは、こういったシステムが頻繁にバージョンアップすることである。細かい改善を頻繁に行っている。べつに今のままでも良いのだけれど、という利用者も多いことと思う。しかし、古いままではいけない。なにしろ競争が激しいので、いつ利用者離れが起こるかわからない。システム管理側も必死にバージョンアップをする。

無料なので、ほとんど文句は言えない。ただ従うのみである。ときどき、便利に利用していた機能が使えなくなることもある。しかたがないので、別の方法で代用することになる。あるときは、その新しいシステムにバグがある。出来立てだから、これも我慢するしかない。まえの古い方が良かった、と思ってもそれはできない。自分で買ったソフトならば、新しいものをインストールしなければ良いだけの話だが、そういった選択もないのである。

無料でメッセージ交換ができるとか、無料で会員になれるとか、いつも「無料」に誘われて人が集まる。しかし、そこに自分のデータを置けば、なかなかそこからは抜け出せなくなる。人質を取られているようなものだ。「ようなものだ」と書いたが、そこまで曖昧《あいまい》ではない。人質そのものである。

無料だから、自分のページに広告が表示されても文句は言えない。たまに、情報が漏洩しても、しかたがないか、と諦める人が多いだろう。

明らかにこの状態は「支配」だ。僕はもう十年くらいまえから、それを感じていた。だから、できることならば、料金を支払うシステムを選ぶようにしている。広告も入らないし、要望を伝えることもできる。こちらの方が自然だと思える。

なにもネットに限った話ではない。無料で入会できる会員制のものには、入会しないようにしている。そういう会は、いつなくなるかもしれないし、いつ別のなにかと合併するかもしれない。無料ということは、別の方法で、見えないところで、少しずつ搾取《さくしゅ》されているということであって、けっして「お得」ではない。

支配がすべていけない、と言っているのではなく、支配されていることを自覚する、それが大切だ。忘れてはいけない。

27 幽霊がいないことを科学的に証明してみなさいよ、と言う人がいる。

これは、幽霊の存在を信じている立場だろうか。それとも科学を信じている立場だろうか。不思議な立ち位置と言わざるをえない。科学なんて信じられない、と言いながら、科学的に証明されていない、という主張をしているのが矛盾しているからだ。

何度も書いていることだが、「いないこと」を証明するのは、科学的にでも数学的にでも、とにかく難しい。「実証」となると、ほぼ不可能といっても良い。たとえば、ある動物が絶滅した、と言われているけれど、本当に地球上に一匹もいないのかどうかは実証できない。たぶんいないだろう、という予測でしかない。何十年も見つからなかったカエルが発見された、というニュースも最近あった。恐竜だって、絶滅したのかどうか、証明することはできない。それをしようとしている人もいない。

「だったら、幽霊だっているかもしれないじゃない」と主張する人もいるが、恐竜のように「過去にいた」痕跡《こんせき》くらいは、まず証明してもらいたい。絶滅種というのは、生きていた証拠が科学的に証明されているものが「なくなった」という意味である。だから、幽霊が絶滅したかどうかを調べるまえに、過去に幽霊がいたという痕跡を調査する方がさきだ。どこかに、そういった証拠品があるだろうか？　恐竜については、世界中で膨大な数の化石が残っている。そういったものの分析から、地球にかつて存在したことが、ほぼ確からしい、と結論づけることができる。

もちろん、どこかの宇宙人が、自分の星にあった恐竜の骨を地球に大量に持ち込んで、方々にばらまいておいた、と考えることも不可能ではない。そこのところは、どちらが確からしいか、という科学者の「意見」になるだろう。

超能力などというものは、存在しない。そんな能力を持った人間はいない。それも、科学的に証明することは難しい。しかし、その証明をするまえに、過去でも良いし、現在でも良いが、その能力が存在する証拠をまず提示すべきである。それが提示されれば、その能力について、科学的に分析をすることができる。そうして、ようやく、その能力が定義される。そのうえで、それが本当のものかどうか、科学的に調べることができるのだ。調べた結果、実は存在しない（まやかしだった）と証明されることになるだろう（断言はできないが）。

つまり、いないことを証明するためには、その存在をまず提示しなければならないのである。幽霊がいないことを科学的に確かめるには、幽霊がどんなものかを定義しなければならない、ということ。幽霊って、いったい何なの？

28 立派な母親像を捏造するから、面倒なことをしたくなくなる人が増える。

僕自身は、少子化には賛成で、世界の人口を減らすことが人類の課題だと考えている。日本の人口は減っているので、これは日本にとっては良い状況だと思う。経済的な問題は知らないが、少なくとも環境的にはそう言える。しかし、強く主張はしない。それぞれに考えがあるだろう。人類の存続なんかよりも、自分の会社が儲かってほしい、自分の財産を守りたい、という欲求が低いレベルのものだ、と断言はできない。百年後を犠牲にして、あと数十年良ければ良い、という考え方も、決定的な悪とはいえない。

さて、女性がなかなか子供を産まないことに対して、やっきになって運動を展開する人も多い。女性が子供を育てやすい環境、子供がいても仕事ができる環境を作る。そういう政治が少子化に歯止めをかける、と訴えている。まあ、そのとおりかもしれない。

だが、僕が観察したところ、たとえば、マスコミなどでは、母親が子供に対して持つ愛情を美化し、親は子供に対してもっと責任を持つべきだ、と訴えている。子供を放っておいたりすると、「母親としての自覚がない」「親として失格」という言葉を使って非難する。親は子供に愛情を注ぎ、自分の人生を犠牲にしてでも子供を守る。それが人間としてあるべき姿だ、と訴えかけている。そういうドラマも沢山作られ、涙を流してみんなが見ることになっているのである。

親が子供の命を守るのは、非常に動物的な行動であって、人間特有のものではない。自分の身を守るのとほぼ同じ「本能」だ。偉いことでも、美しいことでもなく、当たり前、自然である。それを、あまりにも美化するので、若者は引いてしまう。

あそこまで自分は「母親」になれない。あんなふうにまでして「親」になりたくない、と考えるだろう。つまり、「母」を美化する風潮が、多くの女性たちを威嚇《いかく》し、尻込みさせている構図がある。ここに、気づいていないように見受けられる。

子供が大好きな人もいれば、子供が嫌いな人もいる。それを、みんなが例外なく、子供は可愛いものだ、家族愛は美しいものだ、と押しつけようとするから、無理が生じているように見える。あるべき母親像を捏造《ねつぞう》しているのだ。

僕の奥様は、結婚したときに、「子供なんか作らないから」と言っていた。子供が嫌いなのだ。僕も、べつに子供はいらないな、と感じていたので、それを承知で結婚をした。しかし、子供ができてしまったので、話し合った結果、産むことにした。その子を育てるとき、奥様は人が変わったように、子供が可愛くてしかたがない、と言った。その子供はもう大人になり、今では、奥様は、やはり子供が嫌いである。そんなものでは？

29 世界観って、人生観よりどれくらい大きいの？

「世界観」という言葉は、若い頃には聞いたことがない。僕が作家になってから、ときどき耳にするようになった。創作の界隈では普通に使う言葉なのだろうか。なんとなくわかるけれど、「雰囲気」とか「舞台設定」というような昔からある言葉とどう違うのかはわかりにくい。そもそも、それは作り手が与えるものなのか、それとも単に受け手が感じるものだろうか。おそらく、雰囲気という場合は後者っぽい気がするが、世界観というのは、前者っぽい。ようするに、創作者が仕掛けるものとして、やや積極的な指向のようである。

「森博嗣の世界観」について語られているものを読むこともたびたびだが、しかし、はっきり言ってよくわからない。僕は自分の世界観を出そうとしているつもりはない。ただ、書けることを書いているだけだ。それから、ほかの人が書く小説をほとんど読まないから、世間一般の小説が、だいたいどんなものか、という知識に乏しい。たしかに、十作以上読んだことがある作家は（ほとんど海外だが）数人挙げることができて、そういう人の作品に共通するものは感じることができる。そんなのは当たり前のことだろう。その人が一人で書いたのだから、個性が出ないはずがない。それは小説に限ったことではなく、エッセィや学術書などにも表れる。小説よりもエッセィの方が世界観は明確に表れる、と僕は思う。ただ、その場合は「舞台設定」ではないかもしれない。

「人生観」という言葉は、昔からあって、たしかあちら（フランスかドイツだろう）の用語を日本語に訳したものだ。だから、最近の言葉である。これも、幅広い意味に使われているが、主として、自分の人生に対して、本人が評価をするものである。他者の人生を観察して述べることは少ないと思う。これと同じように、個人が自分以外のもの、つまり社会とか世界をどう評価するのか、というのが、本来は「世界観」という言葉の響きだ。それが、そうは使われていない。作者が持っている世界観が、創作の中に現れて初めて他者に伝わるので、そうなるのかもしれないが。やや奇妙に感じる。

おそらく、すべては、その人の「個性」であり「思想（考え方といった方が近いだろう）」によって形成されるもの、あるいはそれを基準にして出力されるものを指し示すのだと想像される。

個性的な世界観を感じたい、というのは好奇心だろうか。その欲求はたしかにあるだろう。しかし、自分に似た世界観を求めたりすることも多いようだ。これは、何だろう。自分の世界観を明確にしたい、あるいは単に「持ちたい」という欲求だろうか。

30

「よく思いつきましたね」と言われるが、思いつきを捨てる方が百倍多い。

よくわからないのだが、思いつかない人っているのだろうか？　僕は僕以外の人間になったことがないので、そこはわからない。普通に会話をしていると、誰もがいろいろなことを思いつく様子を観察できる。子供などもよく思いつく。犬はやや少ない。人間のように「ふと思いつく」ような仕草はあまり見られず、必ず切っ掛けが必要で、パターン化しているみたいだ。人間は、連想のパターンが一様ではない。これが一様になったら、老化していると考えた方が良いが、しかし、老人でも発想の豊かな人はいるので、「老化」なんていっては失礼かもしれない。

思いつきというのは、なにかに集中していると、出にくい。集中するというのは、よけいなことを思いつかない精神統一なのではないか、とも思う。しかし、集中しようというその途中、中途半端な集中の場合は、逆にぼんやりしているときよりも思いつきやすい。頭が回っている、ということだろう。

とにかく、全然関係のないことをつぎつぎと思い浮かべるのである。それを、いちいち吟味《ぎんみ》している暇はないから、普通はこれを無視してしまう。そのうち、そういう思いつきもだんだん平坦になっていって、波風が立たない落ち着いた心持ちになるのだが、まるで座禅を組んでいるみたいな状態だろうか。残念ながら、座禅を極めたことがないので、わからない。僕などは、明らかに不向きだ。もう、じっとしていられないし、あれもこれもと雑念が多い。子供のときから、そういう落ち着きのない人間だった。

吟味とまではいかなくても、思いついたものを取捨選択する必要がある。これを億劫《おっくう》だと思ってしまっては、思いつきは死んでしまう。川で砂金を取るような行為であって、面倒だけれど、ほんの僅《わず》かなものを集める作業なのである。九十九を捨てて、一を取る、というような行為だ。百分の一が、使える発想になる。

思いついたことをメモするのも良いかもしれない。僕はしたことがないが、そういう手法を教える人も多い。その場合、百思いついて、九十九を書かず、一を書くようにしたい。そのメモが幾つか溜まってきて、そこから使えるものをまた探すことになるだろう。そう、思いつきというのは、それが使える場面で出るのではない。いつ使えるかわからない。使う機会がないかもしれない。それを覚えておくか、メモしておく、という作業なのである。

取捨を決める基準は、主に「新しさ」である。これまでにないもの、という意味だ。真に新しい発想であれば、必ずいつかそれが価値を発揮する場面が来る。

31 物体の所有は無意味だが、だからといって不愉快ではない。

僕は、物体を自分の周りに集めてしまう方だ。おもちゃが多い。平均的な所有量よりもずっと多いだろう。でも、自分をコレクタだとは認識していない。僕は、べつに収集に拘《こだわ》っているわけではない。買い集めたものは、ただ置いてあるだけで、埃《ほこり》を被《かぶ》っても気にならない。整理をしたり、順番に並べたりとかも興味がない。

僕が死んだら、これらの品物はどうなるのか、というと、ただ売り飛ばされるだけだろう。面倒だからと捨てられるかもしれない。それも、僕にはまったくかまわないことである。生きているうちに、売れば良いのだが、それも面倒なのだ。

この頃は、物体を所有しない人が増えている。都会で狭いところに住むとなれば、必然的にそういったライフスタイルになるだろう。データを持っているだけで良い。否、データでさえ、雲の中にあれば良い。自分にはアクセス権があれば良い。それも、また潔い生き方だと思うが、物体だろうが情報だろうが、所有していることに違いはない。物体を購入して手許に置いておくのは、ようするにアクセス権を得るためなのだ。博物館へ見にいけば良い、友達に借りれば良い、というのとは、アクセスの迅速さが違う。

欲しいものがまず明確にある。それを見つけたときに購入する。手許に来ると、それを触って、あれこれいじって、遊ぶことになる。そうして、目的は達成される。あとは、放っておく。ときどき、思い出してまた調べたり、あるいは壊して別のものに改造したりする。このように壊したり改造したりするのは、やはり自分で所有をしなければできないアクセス権の中でも上位にある権利といえる。

もちろん、マイナス面もある。所有することで、保管場所が必要になる。これが、僕には大きな問題だった。だから、いつもスペースを増やそうと考えた。収納する方法を考えるよりは、スペース自体を広くする方が簡単だ。たとえば、田舎に引っ越せば、土地が安いから、相対的に広くなる。単純な話だ。

このようにして生きてきた結果、膨大《ぼうだい》なガラクタに囲まれている。もうなにも買えないという貧乏生活が訪れても、一生遊べるだけのおもちゃが既にある。工具もあるから、やることはいくらでもあるだろう。でも、ときどきネジくらいは買わないといけないかもしれない。

鉄道模型が多いのだけれど、僕がやっているのは例外なく大きい。みんなが知っている小さなNゲージではない。ついつい大きいものが欲しくなる癖が、子供のときからあったようだ。これも、自分の手でいじりやすい、というアクセス権に関係している。

32 小説雑誌というものを一度も読んだことがない。

一度だけ買ったことがある。それはデビューをするまえで、『メフィスト』という講談社の小説雑誌だった。小説を書いたので、それを投稿する先を探し、購入して家に持って帰った。僕は立ち読みというものをしたことがないので、中の文章を読むためには本を買うことにしている（これは、もしかして非常識？）。

でも、その『メフィスト』も、最後にあった応募要項を読んだだけだ。あと、編集者たちの座談会があったので、これも読んだ。そのほかの小説やエッセイは読んでいない。

その後、小説家になったので、各社から小説雑誌が毎号届くようになったが、まったく読んでいない。奥様のスバル氏にあげてしまう。彼女は、森博嗣の小説はほとんど読まないが、それ以外は、わりと読むのだ。それでも、送ってくる量が尋常ではないから、読めるのは半分くらいではないか、と想像する。

処分するのにも重くて大変なので、五年ほどまえに各社に連絡をして、もう送らないでほしいとお願いをした。だから、今は一冊も送ってこない（そもそも、僕の住所を知らない出版社がほとんどだ）。だから、『メフィスト』ももう五年以上見ていない。このまえ、「まだ、メフィストって出ているの？」と担当編集者に尋ねたら、「出ています」と力強い返事があった。お願いしますよ〜、という顔だった。

小説雑誌というのは、非常にマイナである。とにかく部数が少ない。そこに連載を持っている作家が出す単行本よりも部数が少なかったりする。それなのに、その単行本の宣伝が載っている。これは、たとえるなら、コナン君の単行本の宣伝を、コナン君の同人誌に掲載するようなものだ。これはいくらなんでも不適切な喩《たと》えだった。

赤字を出してまで雑誌を印刷しなくても、電子化してしまえば良いのに、という話を、十年くらいまえにしたように思う。そろそろそうなっていくのかな、と見守っている。

小説雑誌の機能は、作家から原稿を取ることである。書き下ろしだと印税は十二％が普通だが、雑誌連載したものは十％になる。しかし、そのかわり雑誌に掲載されたときに原稿料がもらえる。この頃、ハードカバーの新刊は部数が伸びないから、書き下ろしよりも雑誌に書いた方が儲かったりする。売れない作家ほど、そちらを選ぶだろう。それに、毎月〆切があって尻を叩かれる方が書ける、という人もいるらしい。素晴らしいプロ根性といわざるをえない。

それから、新人が投稿する場としても、小説雑誌の歴史があるらしい。僕はそちらの方面はあまり近づいていないので、よくは知らない。風の噂に聞いただけだ。

33 神は、みんなの期待に応えるうちに、だんだん狂気を帯びる。

世の中に神というものはいないのだが、人間の一部がその代役的な役割を務めることはある。昔はカリスマなんて言ったが、今はそのまま「神」になってしまった。関係のない話だが、仏教やキリスト教が伝来したのに、日本人はそれほど信心深くない。特に、西洋の文化や品々が大好きなわりに、これほどキリスト教徒が少ない国は珍しい。

神と呼ばれる人たちは、周りから崇《あが》め奉《たてまつ》られるために、だんだん自分もその気になってくる。その気にならないと務まらない役目だ。できるだけ、みんなの期待に応えたい。期待を裏切りたくない。最初は、自分の思ったこと考えたことを話しているわけだが、周囲はエスカレートして、それでは満足しなくなる。ちょっとした予言的なことは言えるし、教訓めいたことだって、多少捻った言葉にすれば重みが増すように偽装できるので、そういう言動をしているのだが、そのうちにマンネリになるだろう。

こうなったとき、どうすれば良いのか、と僕は考えてみたのだが、三つ道があると思う。まず第一には、同じ物言いを繰り返す、というもの。すなわちマンネリなど関係ない、マンネリこそが神の証である、という態度を取るわけである。水戸黄門《みとこうもん》みたいなものだが、最近、水戸黄門を知らない若者が多いので、話しにくい。

二つめは、逆に逃げてしまう方法である。口を閉ざしてなにも言わないようにする。行方を晦《くら》ます。病気になった振りをする。そんな逃避だ。政治的なカリスマにときどき見られる傾向ともいえる。でも、影響力が衰える点がマイナスである。

三つめが、最も前向きな道なのだが、これは、理解し難い言動を取る、という方法である。狂気じみた、わけのわからない言葉や行動で装うのだ。周囲はあっけに取られるが、なんとか理解しようとして、現実に当てはめて解釈をする。そこで、むちゃくちゃな言葉が、適切に歪《ゆが》められて受け止められる、というわけである。

おそらく、最初は偶然にこの手法の効果を体験するのだろう。そのうち、これはいけるな、と考えるようになり、わざとおかしなことを言うようになる。もちろん、おかしなことを言うには、ある程度の才能というか知力が必要だが、そもそもポテンシャルが高い人間であるので、やってできないことはない。こうして、しばらくは、神として安泰となる。この手法がよく観察されるのは、芸術方面だろう。

このような最終形をモデルにするから、ドラマに出てくるカリスマは、例外なくいかれているのである。カリスマも神も、最初はもっと常識的で、わかりやすい物言いをしていたはずなのだが、人気が出てくる頃には、疑似狂気へと追い込まれるのだ。

34 「庶民」を絶対的な善人と見立てるのが、マスコミの偏見の根源か。

庶民、国民、市民、住民という言葉は、悪いイメージを持たない。それは、マスコミにとって、視聴者の皆様であり、私たちみんなであり、そして「仲間」なのである。また、常に弱者としてイメージされ、一致団結して、権力に屈しないように抵抗しなければならない存在として描かれる。権力者たちも、「庶民の味方」という立場を取りたがる。なにかというと、「皆さんのために」と繰り返すことになる。

ところが、政治家もマスコミも、庶民を煽動《せんどう》して、自分の都合が良い方向へ向かわせたい、ほかの言葉でいえば、「利用したい」と考えているのは自明で、もうそれは、政治とか報道というものの根源的な動機にさえ成り上がっている。

本当は違う。政治は、社会を理想へ近づけていくリーダシップであり、報道は、正しい情報を広く速く伝える役割である。しかし、人間は、自分の行為が大勢に影響することで満足を感じる。そういう邪心が自然に入ってくる。その影響力が自分の「力」だと感じ、そのために「大勢」を集結させるように動く。

したがって、「大勢の心を摑《つか》もう」と必死になる。それが、政治家やマスコミの生命の源だと勘違いしてしまう。

　庶民とは、みんなのことだ。みんなの中には、良い人、悪い人、賛成する人、反対する人、いろいろな立場の人たちがいる。それを、「庶民」という言葉でひっくるめてしまい、まるでその集合が統一された意思、意見、感情を持つように錯覚させる。これは、言葉の魔術といえる。「日本中が待ち望んでいた勝利」とスポーツなどでは語られるが、けっして日本国民全員ではないのである。

　食料品が少し安くなると、「庶民にはありがたい」などと表現される。野菜が二十円安くなって、いったいどれだけの人間が喜んでいるだろう。たぶん、多くは気にもしていない。また逆に、安くなって困る庶民も、無視できない割合でいるだろう。

「住民の反対を押し切って」と言われるが、住民が全員反対をしていたわけではない。もし全員が反対していたら、そんな暴挙はできないはずなのだ。賛成する住民によって支えられているから、押し切ることができたのである。

　マスコミというのは、現実を取材しても、結局は言葉で伝えるしかない。映像があるというが、映像は言葉よりもさらに限定的で誤解を生みやすい。言葉になったときに、そこに含まれる嘘を知っているのがインテリジェンスだ、と思う。ときどき確認をしないと、つい流されて、言葉に支配された「衆愚」になってしまうのである。

35 「視点」と「目線」の違いを使い分けてほしい。

「目線」というのは、つい最近普及した言葉で、わざわざ使わなくても、「視線」と言えば良いと思うのだが、視線は、視点と似ているので、混同されることが多かった。だから、目線と視点だと、きちんと使い分けられるかもしれない。

視線はかなり曖昧な言葉だったが、目線は、見ている本人ではなく、他者が観察したものだ。つまり、どこを見ているように見えるか、という意味である。

「上から目線」という言葉が一世を風靡《ふうび》したけれど、これも、見られている者の主観である。見ている方にはその意識はない。ただ、上から見られているように見える、というだけである。視線も、見られている側が感じるものとして表現されることが多かった。「視線を感じる」というのは、不思議な日本語である。見ないでそれを感じられる道理がない。人間の視力は、自分で発した光を使っているわけではないので、レーダやソナーのように、観察していることを他者に察知されることはない。

それでも、「視線を向ける」というように、見る側からの表現もあるので、やはり視線は、どちらでも使える。これに比べて、「目線を送る」というのは聞かない。

一方、どこから見ているのか、という意味を持つのは「視点」である。これは、実際に見ている位置を示す言葉だが、そのようには使われないことの方が多い。つまり、想像をするときに、自分の立ち位置から離れることが人間には可能だからである。難しいことではない。相手の立場になって考える、というようなことが、自然にできるのが、人間の思考能力だ。これは、犬にはもうできない。

「上から視点」という表現はない。相手を見下した思考というものは、存在するはずだが、しかし、この表現を使う機会がない。何故なら、自分の視点は、一般に自分にあるわけで、上だろうが下だろうが、自分のいる位置が基準である。だから、「見下す」「見上げる」という言葉のように、相手が上か下かを示すのである。

昔から、「偉そうな物言い」というものはあった。しかし、それを「上から目線」とは言わなかった。どう見るのかは、個人の自由であって、ただ、その人物が相手に及ぼす物理的な影響(たとえば暴力、あるいは暴言)で初めて評価の対象となる。ただ上から見ている、というだけで不愉快だといった感情は、被害妄想の類で処理されていた。現代人は、相手の目線にまで口を出すナイーブさを持っているといえる。しかも、その目線は、単に自分が感じたものでしかないのだ。こういった妄想的評価が、あるときは、国どうしのいがみ合いの基にもなっている。

36 残業手当ってやつは、基本的に馬鹿げている？

これは、僕がそう感じる、という意味である。僕は、仕事というのは、成果に対して金が支払われるものだと考えているからだ。ある問題があって、それを解決するために人が作業をする。その問題が解決したときに、報酬として支払われる。それが仕事だ。

昔、『頭の体操』という有名なクイズの本があった。その本に、「Aさんは、3時間で畑を4アール耕す。Bさんは、4時間で3アールを耕す。この二人にそれぞれ12アールの畑を耕してもらった。貴方は二人に2万4千円を支払うつもりだが、いったいどんな割合で分配すれば良いだろうか」という問題があった（精確には覚えていないので、数などはいい加減である）。Aさんは、12アールの畑を、9時間で耕し、Bさんは、同じく12アールの畑を16時間かかって耕す。この結果、さきに仕事を終えたAさんが、Bさんの仕事を手伝うかどうか、が問題の鍵になるわけだが、このクイズでは、そういった現実性は排除されている（数学の問題でもそうだ）。だから、Aさんは9時間働き、Bさんは、16時間働くことになる。さて、賃金をどのように分配すれば良いだろう。沢山の時間働いたBさんには沢山渡すべきだろうか？

そんなことはない。二人は同じ量の仕事をしたのである。したがって、支払うべき賃金は、同じ額になる。これが、このクイズの答だった。なかなか面白い点を突いている、ということで覚えている。

世の中は、こうはいかない。残業手当というのは、Bさんが A さんよりも余分に働いた7時間だったかもしれない。それに、会社は時間給を支払うことが多い。この道理はどこにあるのかというと、苦労というものがほぼ時間に比例している、という考え方だろう。誰がやっても同じくらい捗《はかど》るような簡単な作業であれば、たぶんそうだろう。だから、残業手当は、そういうルーチンワークを想定しているものといえる。

たとえば、Aさんは最新型のトラクタを使った。このトラクタは一台しかないので、その日Bさんは、古いおんぼろのトラクタを使わざるをえなかった。その結果、クイズの設定のような差が生じた。こんな場合は、Bさんに少し余分にあげたくなる。Aさんは、7時間を自分の好きなことに使えるのだから、少しくらいBさんよりも報酬が安くても文句は言わないのではないか？

トラクタで生じる差が、AさんとBさんの生まれながらの能力の差として存在した場合はどうか。自分の責任ではない。たまたま高性能、低性能に生まれただけだ。

タクシーは、時間がかかるほど料金が高い。世の中にはそういうものだってある。

37 何故、あなたの呟きは炎上しないのか。

二十年近くまえになるが、個人がウェブページを持ち始めた。当時は、「ウェブ」という言葉も一般的ではなく、ただ、「ホームページ」と呼んでいた。ホームページは、トップページを意味する言葉だが、多くのサイトには、ページは一つしかなく、事実上問題がなかった。既にこの頃から、日記を書いている人もいたし、掲示板で個人的な呟《つぶや》きを書く人もいたので、当時なくて今はある、というものは基本的にないと思う。そんな話をしたら、ネットがなかった頃でも、印刷や手紙を通じて、今ネットに存在するようなものがすべてあった。チャットなんて、四十年もまえにアマチュア無線では一般的だった。名称も「チャット」である。

ネットが普及し始めた頃、自分のサイト（今でいうブログ）に書評を書く人が増えたが、ミステリィのオチを書いてしまうネタバレとか、あるいは長文を引用して著作権侵害だとかを、他者から指摘されることがあったようだ。そういったクレームに対処するために、「ネタバレ」という言葉が広まった。ネタバレがある、と明示しなければならない、というルールが自然にできたようだ。

ウェブサイトは、見る人がアクセスしないと見られないわけだから、勝手に覗《のぞ》きにきて、ネタバレだとクレームをつけるのは変な感じもするが、当時から検索エンジンがあったので、キーワードで検索しているうちに、知らず知らずにそこを見てしまう、というアクシデントが起こったことが原因だった。また、掲示板などは、個人の呟きや意見がランダムに表示されるので、やはりネタバレにぶつかると文句を言いたくなったわけだ。実際に、そういったことで口喧嘩になる場面を何度か見た。でも、炎上というようなことはなかったと思う。

炎上が起こるようになったのは、レスポンスを手軽にしたシステムが登場したことが大きい。これは、ブログやツイッタなどで顕著《けんちょ》で、ようするに炎上を誘う仕組みに最初からなっている。そうデザインされているのだ。

今では、毎日ツイッタでネタバレが行われている。もし、有名人がそういったことをしたら、ただちに炎上になるだろう。個人の呟きでは、酷い差別用語も使いたい放題だし、嘘も中傷も好き勝手にできる。よほどのことがないかぎり炎上しない。これは、誰もその呟きを見ていないし、何を言おうが社会に影響がない、と認識されているからだ。ようするに、それくらい個人の発言は、今や「没して」しまったということである。「世界に向けて発信」なんて、もう完全に妄想となってしまった。

38 え、もしかして、大人である方が良いと思っているの？

子供っぽいことを嫌う年頃がある。十代とか二十代の前半ではないかと思う。大人になることで、人間として一人前になるという価値観に支配されている。そのままずっと支配され続ける人もいる。

僕は、子供っぽいと言われると嬉しくなる方だから、ときどき会話がぎこちなくなることがある。そういうときは、タイトルにあるような質問をして、相手の価値観を確認することになる。僕の周辺では、大人の方が良いと思っている人は少ないけれど、一般社会では、圧倒的に多い。

たとえば、「中二病」といった流行語がこの十年くらいで広まった。「森博嗣というマイナな作家の作品に熱狂するのは、明らかに中二病だ」というように使う。これは、中学二年生がかかる病気から抜け出せない世代、だいたい高校生くらいだろうか、この年代に対して使う表現である。「お前はまだ中二か」「まだまだ青臭いな」というような揶《や》揄《ゆ》が含まれているし、同時に、「俺も中学のときにかかったな」というような多少の懐かしさと、しかし、自分はそこから抜け出したという優越感が大半を占めている。

この優越感が、僕は「高二病」だと思う。つまり、中二病という言葉を使う人は、高二病にかかっていると考えられる。大学生になっても、大人になっても、高二病から抜け出せない人も数多い。

べつに、高二のままでも良い。そもそも、「病気」というほど、それは悪い状態ではないし、もしかしたら、病気から完治することで、大切な感覚を失ったのかもしれない。

大人が子供よりも優位なのは、大人は子供を経験しているのに対して、子供は大人を経験したことがない、という点にある。つまり、大人は、子供の気持ちもわかるし、大人の社会も知っている。これが、本当の「大人」である。ようするに、子供の気持ちを捨てて大人になったのでは、なにも偉くない、優位性がない、と僕は思うのである。

これは、年寄りと若者の対比でも同じことが言えるだろう。年寄りの方が偉いとすれば、それは若者の気持ちがわかるからだ。その「上位互換」の性能を維持していれば、年寄りは若者よりも偉い。忘れてしまっていたら、立場は同じである。

上位互換がわからない人のために補足しておく。上位のものは、下位のものに代わることができる。下位は、上位に代わる性能が足りない、という意味だ。上位互換が成り立てば、それが上位と下位になる、と逆に考えても良いと思う。

子供の頃、若い頃の感覚を忘れないことは、大人の品格を支えるとも考えている。

39 好きも嫌いも、興味のあるものに対する評価である。

これは、よく書いていることだ。たとえば、「理解も誤解もほぼ同じ価値」というのにも通じる道理である。

森博嗣の作品が大好きで、評価に5を付ける人と、森博嗣なんか面白くもない、読むといつも腹が立つ、と評価で1を付ける人がいる。僕のその作品が、たとえば十万部売れたものだとしよう。全員が読むかどうか怪しいが、まあみんな読んだとしよう。すると、一億人以上いる日本人の中で、その人たちはどういう位置にいるだろう。森博嗣を読んだというだけで、千人に一人のグループに入る。森博嗣に対する興味の順に並べると、前者が一番、後者が二番、そのあと九百九十八人の無関心な人たちが並ぶのだ。

これを世界の人口でやれば、もっと選ばれたトップクラスの人たちになる。五十歩百歩という諺《ことわざ》があるが、十万五十歩と十万百歩くらいの感じではないか。

ところが、普通の人たちは、こういった賛成派と反対派を、まったく正反対の両極にいると認識しがちである。たとえば、原発賛成派と原発反対派が両極にあって、その間に、よくわからない、どちらでも良い、という中間層がいると認識している。

最初の例でいうと、九百九十八人は、森博嗣について中間層だろうか。これから、森博嗣の本を読んで、好きか嫌いかに分かれていく人たちだろうか。否、そんなことはない。この人たちは、そもそも、森博嗣が好きかどうかという軸の上に乗っていない。同様に、原発賛成派でも原発反対派でもない人たちは、その軸上にいない。そういう人たちから見ると、賛成派も反対派も、同じ方向の、端っこにいる人たちのように見えるかもしれない。原発はどうか知らないが、少なくとも森博嗣については、明らかに端っこの「同類」に見えるはずだ。森博嗣でなくても、村上春樹でも宮部みゆきでも同じだろう。千人のうちの一番めと五番めになる程度の差である。

しかも、好きか嫌いかは、時間によって変わる。かつて嫌いなものが好きになる、賛成していたことに反対するようにもなる。このように変わること自体が、近い位置にあったことを証明しているともいえる。

僕は、鉄道が好きな人間に見られているけれど、東京で走っている電車はみんな嫌いだ。細長い形の電車にはまったく興味がない。蒸気機関車が好きだといっても、国鉄でかつて活躍していた車両のうち、好きなのは二種類くらいで、残りはすべて嫌いだ。鉄道模型が趣味だが、日本の模型屋で売られている製品で、僕が欲しいものは一つもない。だから、日本ではもう模型屋に行かなくなった。こんな感じです。

40 ニュースでスポーツ・コーナがあるのは変だ。

ずっと書いてきたことである。特に、TVのニュースが顕著だと思う。どうして、スポーツがニュースになるのか。スポーツというのは、芸能分野であるから、歌手が新曲を出したとか、そういった類のものである。大勢が注目するような大きなイベントであれば、ときどきニュースにしても良いかもしれないが、毎日、何対何の途中経過まで出すのは非常にアンバランスと言わざるをえない。もっと普通の報道を増やしてほしい。どうしてこんなことになるのかというと、それは、スポーツのスポンサが、マスコミだからである。

たとえば、高校生のスポーツの中で、何故か野球だけが大きく報道されている。ほかの種目では、ここまで注目されない。変な話ではないか。何故、野球ばかりが、と思わないのだろうか。マスコミがいかに不公平な報道をしているかがわかる。

マスコミの人は、「大衆が知りたがっている」ことを理由に挙げて反論するだろう。しかし、それは、単に報道されているから興味を持った、というだけの話だ。アニメのサザエさんが人気なのと同じである。

もちろん、スポンサなのだから、番組を通じて大々的に放映するのは良い。しかし、ニュースに混ぜるのはおかしいだろう、という話をしている。

マスコミの報道というものは、今やほとんど宣伝行為になっている。大衆に事実を伝える、というものと、大衆を煽動《せんどう》して誰かが儲ける、というものが区別なく扱われ、具体的にはその比率は、圧倒的に後者が多数となった。報道の重心は、既に宣伝の領域にある、といえる。落ちぶれたものだ、と僕などは感じる。

本来あるべき事実の報道と、誰かが儲けるために行う宣伝を、区別しないで取り上げるのは、区別をしていたら宣伝にならない時代になったからだ。昔は、宣伝だとわかっていても、その効果があった。ところが、ほとんどの商売が、宣伝をすれば儲けられるという安易な手法に縋《すが》るようになったため、受け手の方も身構えるようになった。宣伝に騙《だま》されているのではないかと。そのとおり、宣伝というのは人を騙す行為である。唆《そそのか》して、煽って、誤魔化《ごまか》す。あるときは、明らかな嘘をつく。そういうことが公然と行われている。あまりに酷いものだけが、ルールで排除されているだけだ。

このようになってしまったことを、ジャーナリズムというか、報道に関わってきた人たちはどう感じているのだろうか？　僕はそれを問いたい。しかたがない、と考えているのだろうか？　ジャーナリズムこそが、この問題を自ら真剣に取り上げるべきだ。

41 モグラ退治で僕が学んだこと。

昨年（二〇一二年）は、芝生に凝《こ》った。凝るというのは、つまり研究をした、という意味だ。庭の芝生を再生するために、本を何冊も読み、いろいろなデータを調べ、それに基づいて実験をした。各種の芝を試した。成果は昨年に既に現れ、今年はさらに綺麗になった。今は、ただ維持をするための作業をしているだけで、もう充分だと感じている。ただ、もう少し芝生の面積を増やそうかな、と考えている程度。

今年は、春先からモグラについて研究をした。モグラは以前から「いるな」と思ってはいたけれど、庭の片隅の方で、あまり影響がなかった。モグラが作る土の山は、「おお、良い土を出してくれた」と歓迎していたくらいだった。ところが、この春は、そのモグラの山が線路を塞《ふさ》いでしまい、僕の電車が脱線してしまった。その後も、あちらこちらに山を作る。庭の中心に近づいてきた。

これはなんとか防御しなければならない、と思い、ホームセンタで売っているモグラを寄せつけないという薬を土に埋めてみた。これは、その昔、タンスに入れた防虫剤みたいな匂いがする。この匂いでモグラが逃げていく、というのである。ところが、これを埋めると、モグラは怒って、その薬を土から出してしまうのだ。大暴れするみたいな感じで、たしかにパニックになっているのかもしれないが、被害は大きくなる。

罠を仕掛けて生け捕りにする作戦を、次に実施した。罠はネットで三種類を選んで購入。しかし、これがちっとも捕まらない。モグラの穴がどこにあるのか、掘り出して調べて仕掛けるのだが、駄目である。穴に水を流すとかも、まったく効果がない。

モグラはとにかく昼も夜もなく食べ続けるようだ。蚯蚓《みみず》を食べているらしい。八時間食べないと死んでしまうということも書いてあった。そういう情報を沢山摑んだのだが、しかし、モグラを退治する決定的な方法はない、というのが実情らしい。

そもそも、モグラというものを普通の人はあまり知らない。日本中どこにでもいるらしいが、見たことがある人はほとんどいない。飼うことはできないし、生け捕りにしても、すぐに死んでしまう。別の場所へ移すだけで餌が取れなくなって死んでしまうという。

ネズミの一種だと思っていたが全然違う。つい先日、犬の散歩をしていたら、お隣の家の駐車場でモグラが死んでいるのを見つけた。一メートルほどまで近づいて観察することができた。モグラを見たのは初めてだ。お隣の敷地だから、勝手に持ち去れないので、そのままにしておいた。このように、僕はモグラについて、沢山のことを学んだのである。そして、僕の庭のモグラとは、今は小康状態である。

42 奥様に対して、代名詞が何を指し示すのかを尋ね続ける人生。

「あそこさ、何してるとこ?」と奥様が尋ねるので、僕は、「あそこって?」ときき返すことになる。たとえば、僕が車を運転しているときに言われたりすると、彼女の視線を追うこともできないし、彼女が指差していても見ることができない。たいてい、彼女がこれを言うときは、助手席ではなく後部座席に犬と一緒に乗っているのだ。

また、家で話をしているときでも、「あそこをずっと行って」と指を差すのだが、この方向が百八十度狂っていることがある。幸い、百八十度以上の角度で狂っていたことはないけれど、それでも、こちらは余分な想像をあれこれしたあと、「ちょっと待って、あそこって、どこ?」と確認せざるをえない。

彼女がどうして方向を間違えるのかというと、自分が行く道筋で、こちらを通っていくから、という理屈があるらしい。それなら、全部玄関を指差すことになると僕は思う。

奥様が、電話で誰かと話をしている声が聞こえてくる。どうやら、運送屋が荷物をこちらへ運んでくるのに道に迷ったらしい。奥様は、「そこの横の道です。その道をずっと行ったところで、曲がれば、もうお隣です」などと指示している。「横」とか「隣」

ではわからないだろう。せめて「左右」、本当は「方角」を言ってもらいたい。隣というのは、四方八方全部隣だし、横というのは、どちらを向いているかによって違う。

しかし、そもそも僕は疑問形が多すぎると常々指摘されている。疑問形をぶつけられると、彼女は、非難されている、というふうに感じるらしい。困ったことである。たとえば、「○○は、どこにあったっけ？」と尋ねると、彼女は、自分の仕事を放り出して、それを取りにいく。それで、僕はそれを受け取るしかない。本当は、今必要なわけではなく、明日使うから、場所をきいておこう、と考えていたのだが、そんなことは言えない。また、彼女が「○○をしてほしい」と頼むので、「どうして？」と理由を尋ねると、彼女は僕が嫌がっている、と受け取るのである。僕は、理由をきいている。たとえば、ドライバを貸してほしいと言われたら、何に使うのか聞かないとドライバが選べない。プラス、マイナスそれぞれサイズがある。

このような行き違いがあったため、なるべく質問をしないようにしている。代名詞に対しては、とにかく最大限あらゆる可能性を考える。その可能性を全部保留したまま話を聞いている。その後の内容から、一つに絞れることもあるけれど、逆に全滅することもある。そんなときに堪《た》まらなくなって、「ちょっと待って」と話を遮《さえぎ》って尋ねてしまうので、また、「あ、話を聞きたくないのね」という不満げな顔をされるのである。

43 子供には、「検索ではなく、模索をしなさい」と教えたい。

物事を解決する方法としては、検索も模索も同じくらい有効だ。どちらも成功率は同じくらいだが、両者を組み合わせると成功率は格段にアップする。時間的には、検索の方が短くて済むため、まず検索をする人が多いだろう。しかし、ときには、まったく当てにならない情報しかなかったり、あるいは、使えそうな情報がどこにもない場合もある。

そういった成功率はともかく、物事が達成されたときに自分が受ける影響として、模索した成功の方が、検索で得た成功よりもはるかに大きいということは事実だ。これは、注目に値するだろう。

もし、貴方の抱えている問題が、仕事やそれに類する「競争」であるなら、検索を充分にした方が良い。それは、早い成功を導くからだ。けれども、もし、貴方の抱えている問題が、貴方の人生に関するものだったら、むしろ模索を優先した方が賢明だろう。成功は多少遅くなるかもしれないが、それに見合うだけの満足が、貴方にもたらされるからである。

特に子供にこれを教えたい理由を書こう。

検索によって得られた成功は、そのときは「上手くいった」と喜べるのだが、心のどこかに、「自分の力ではない」という後ろめたさが残る。少なくとも、自分に力がついたとは感じられない。そして、こういった成功を多く味わううちに、自分は、人にきかなければ成功できない、という観念に取《と》り憑《つ》かれる。自分には力がないが、要領良くことをこなしてきた。それで良い、と思う反面、なにごとについても、自信がない。したがって、人がやっていること、人にきけること、多くの参考書があるもの、みんながしているもの、という方向へしか進まない人間になる。

歳を取れば、多くの人間は、多かれ少なかれ、このような状態になる。なにしろ、この情報化社会にあっては、自分で模索することよりも、はるかに手軽に多くの情報が検索によって得られる。これは、情報化社会になる以前だって同じだった。人間は、「教えを乞う」ことで成長するものだ、というのが社会的な認識としてあった。「社会的」とは、そういう手法が基本なのだ。

しかし、子供にはせめて、「自分に力がつく」という経験をしてもらいたい。幼いときに、若いときに、そういった実体験をすれば、その楽しさをいつまでも覚えているものだ。歳を取っても、ときどきその楽しさを懐かしく思い出す。そして、駄目元でも良いから、なにか新しいものを試してみようかな、と腰を上げる人間にきっとなれる。

44 絡まりやすいコードって、多いな。

どういうわけか、僕の周辺でコードが絡《から》まるトラブルがよく発生する。最も多いのは、バッテリィを充電するコードだが、これはあまり一般的ではないだろう。赤と黒のコードの先に、鰐口《わにぐち》クリップという洗濯バサミの大きいやつが付いている。アルファベットのAの形に似ている。このAの足の片方にコードが繋《つな》がっているわけだ。したがって、これ自体が非常に引っ掛かりやすい形状といえる。忍者が石垣の上にめがけて投げ、これを引っ掛けて縄を伝って上っていく、というような場面に使えると思う。こういう形状をしているため、二本のコードが必然的に絡まってしまい、普通の努力では外れない。引っ張れば確かな手応えとなって絡みつくのである。

庭で使うホースも似ている。ホースの先に、シャワーと同じ散水のためのツールが付いているのだが、シャワーと違って、引き金がある。これで水を止めたり出したりできる便利な機構だが、この引き金の部分が、引っ掛かりやすい形状になっているため、ホースを引っ張ると、ここが引っ掛かって解けない。

音楽を聴くためのイヤフォンも絡まりやすい。昔はヘッドフォンだったので、コードは一本だったし、イヤフォンは片方の耳にしか入れなかった。今は両耳に入れてステレオで聴く。だから、途中から二本に分かれている。つい、二フォンに分かれている、と書きそうになった。このイヤフォンも耳に入れる形になっているが、意外に絡まりやすい形状だ。もっと丸かったら、簡単に解けるはずである。

コンセントに入れる電源のコードも、もう少しコードからジャックへの部分を流線型にすれば、引っ掛からないと思う。掃除機は、ホースを引っ張って、後ろから掃除機の本体がついてくるが、これが壁の角とか、椅子やテーブルの脚に引っ掛かる。この頃、引っ掛からないような丸い形状の掃除機が登場して、「やっとわかったか」と僕は思ったものである。そんなの三十年もまえから、僕が不満に思っていたことだぞ、と。

イヤフォンは、そのうちコードレスになるだろう。つまり、耳から細いコードを垂らしているのは今のうちである。だが、掃除機をホースレスにすると、持っている部分にゴミを溜めることになるし重くなる。既にそういう掃除機が発売されていて、バッテリィ式でコンセントにもつながない。僕は掃除機フリークなので、自分が使う分だけでも十台くらい現役で持っているが、このハンディタイプは今までで一番使いやすい。

バッテリィのコードが、技術革新でコードレスになる可能性はある。少なくともコードを一本にして、自由に捩《ね》じれる構造には今すぐにでもできるはずだ。

45 トンネルを作っていたら、「窯ですね」と話しかけられた。

庭の片隅に鉄道のトンネルを作った。トンネルというのは穴のことだから、穴を作るためには山が必要だ。だから、どちらかというと山を作ったのである。鉄道は人が乗って走るので、トンネルといっても小さくはない。人が通れる大きさである。土は七十トン運び入れた。これはトラックで三十台分だった。

結構道路に近いところだったから、そこを歩く人に見られる。僕は、トンネルの出入口にレンガを積む作業を一カ月以上毎日していたので、近所の人から何度か話しかけられた。この道は、馬に乗って通る人も多い。馬の上からだと高いからよく見えるのか、話しかけてきた人の半分は馬上だった。

一番多いのは、「何ですか、それは」という質問である。これに対しては、「山です」とか「トンネルです」と答えた。みんなには、地面にある線路が見えないのか、そういう発想がないので見ないのか、よくわからない。

面白いのは、犬を連れている人たちは、「犬の調教のためですか?」ときくことだ。犬にトンネルをくぐらせたり、山を越えさせたりする、というイメージらしい。たしかに、庭には二匹のシェルティがいつも放し飼いでうろうろしているので、そう見えてもしかたがない。うちの犬は、しかし、そういうスポーツはしない。嫌いみたいだ。飼い主も、犬と一緒に走ろうとか考えていない。

また、ある人は、頭を下げつつ、庭の中まで入ってきて、「窯《かま》を作っているのですか」と話しかけてきた。陶器を焼くための窯をイメージしたらしい。僕が「違いますよ」と否定したのに、その人は自分が陶器を焼いているという話を五分ほどしていった。

人間というものは、いかに自分の尺度でものを見ているか、また、自分のしたいフィールドの話しかしないか、ということがよくわかる。

こういったことは、普通にどこにでも見受けられる。おしゃべりが好きな人というのは、自分に話したいことがあるから話す。相手が聞きたいことや、今問題になっていることではなく、自分の問題を語るのである。会話をしていても、相手の話はほとんど聞いていない。どうやって自分のフィールドへ持ち込むかという算段をしているだけである。また、聞き上手という人は、笑顔で相槌《あいづち》を打ち、心配な話題では眉《まゆ》を顰《ひそ》めて、それらしい対応をするのだが、しかし、内心はやはり話を聞いていない。「どうして、この人はこんなことを言うのだろう」と感じている場合がほとんどである。だいたい、世の中の九十パーセントの会話は、「空転している」と評価できる。

46 バレリーナの写真で、「写真上」に笑ってしまった。

写真に複数の人間が写っているとき、記事で書かれている当人が、その中の誰なのかを示すために、「写真左」とか、「写真右から三人め」などと書かれるのだが、その記事では、日本人のバレリーナが、海外で賞を取ったかなにかの記事だった。男性のダンサがバレリーナを高く持ち上げているシーンの写真だったため、「写真上」になったわけである。しかし、これは非常に珍しい。今まで、「写真上」とか「写真下」というのを、僕は見たことがなかった。すこぶる斬新《ざんしん》だ。

しかし、その写真では、下の男性の方は肩から上しか写っていない。女性の方は全身が捉えられている。この状況で、わざわざ「上」と書かなくても、「そのくらいわかるよ」とつい言いたくなるのは、僕だけではないだろう（常套《じょうとう》表現を使ってしまった）。

似たようなもので、人の話が書かれていて、写真では、両側に犬がいるシーンだったが、「写真中央」とあった。これなどは、たぶんわざとやっているのだろう、と思った。

たとえば、運動会の様子を屋上から撮影して、それに参加している誰か一人の記事に使う。そして、「写真のいずれか」と書いても良いのではないか。どこかにいることは嘘ではない。ただ、わかりにくいとは思う。

もっと凄いのを考えてみよう。たとえば、写真のフレームから完全に外れてしまっている（つまり、写っていない）ときに、「写真左外」と書けるのではないか。「そんなもの駄目だ。ちゃんと写せよ」と言うなら、「写真左」の場合だって、「中央に入れろよ」と言えるだろう。そうではなく、その写真全体の雰囲気が主題であって、その中における当人との関係を示しているのだから、場外は場外でそれなりに意味がある。可哀相で涙を誘う効果もあるだろう。

「写真裏」というのも恐い。つい、ページの反対側を見たくなるだろう。背後霊というものがあるらしいが、どうして前に出ないのか、いかなる価値観の霊なのか、問いたい。

写真を逆さまにして、逆から見ると、人の顔が浮かび上がってくるような場合は、「写真反転」だろうか。考えただけでも恐ろしい。

時間的にずれて撮られた写真も使えないことはない。つまり、一時間まえに、その人はこの場所にいた、という写真を撮影する。誰も写っていない風景写真になるが、「写真一時間まえ」と書ける。

これからは、写真の多くは動画に取って代わられるだろう。書物が電子化すれば、なおさらである。そういうとき、どうやって当人を示すのか、表現力が問われるはずだ。

47 救急車に初めて乗った。

自慢ではないが、救急車を呼んだことが何度かある。僕自身ではなく、僕の周辺に、ときどき健康でない人がいる、ということだから、これはけっして自慢ではない。しかし、これまで、僕は呼ぶ役だった。親族のために救急車を呼んだことはあるが、そのとき同伴したのは、僕以外の人間だった。仕事場で救急車を呼んだときも、僕よりも親しい人がいたので、その人に任せた。僕には、その場を立ち去れない理由があったりした。

ついこのまえだが、僕が庭で芝の種を蒔《ま》いているとき、僕の奥様から電話があった。彼女は、自分の部屋にいるので、距離的には三十メートルほどしか離れていない。彼女の電話の内容は、「救急車を呼んでほしい」というものだった。

早朝に犬の散歩に二人で出かけたときも、かなり具合が悪そうだった。彼女は若いときから喘息《ぜんそく》があって、ときどき過呼吸《かこきゅう》というのか、息が苦しくなる。以前にも一度、僕の車で病院へ急行したことがある。アレルギィなので、ブドウ糖の点滴を受けると収まってくる。風邪薬とかアスピリン系のものは一切受けつけない。だから、薬は飲めない。

とにかく、救急車を呼んだ。五分もしないうちに到着して、僕の奥様を担架に乗せた。このとき、二階から一人では下りてくることができなかった。救急車の中で測った血中酸素濃度が八十％だった。かなり異常な数値で、危険な状態と言える。

それで、救急車に一緒に乗って病院まで走った。救急隊員は二人の男性、運転しているのは女性だった。片側一車線の道で、両方向の車を路肩へ寄せて、センタ・ラインを跨《また》いで真ん中を走った。なるほど、このように走るのか、乗ってみないとわからないものだな、と思いながら乗っていた。

病院へ到着する。土曜日だったので、外来は休みだ。あとで聞いたところ、奥様はネットで調べて、近くにどんな病院があって、土曜日でも受け付けてくれるかどうかまで調べていたらしい。そんなことをしているから、酸素濃度が下がったのではないか。もう少し早く言ってくれたら良かったのだが、しかし、僕が自分の車で連れていったら、道は渋滞しているし、しかも急患として対応してもらえない。

休日の診察受付には通路に大勢が待っていた。苦しそうな人（たぶん胆石《たんせき》）、怪我をしている人（骨折とか出血とか）、十人以上いたけれど、そういう人を差し置いて、奥様は診てもらえた。その後も救急車がぞくぞくと来るが、そのたびに、通路で待っている人が、「ああ、またかよ……」と溜息《ためいき》を漏《も》らしていた。その後、奥様は入院したが、一週間後には、まえよりずっと元気になって戻ってきた。不健康だが要領は良い。

48 ツイッタは、神様に声が届く、みたいな感じなのだろうか。

誰にも聞こえない呟きではない。誰かに聞いてほしい呟きだ。実際には、誰も聞いていないが、聞いているように錯覚させるのがネットワークの機能である。まあ、ときどきなにかの弾みで、レスポンスがある。それで舞い上がってしまう。神様に声が届いた、まではいかなくても、神様が声を届けてくれた、といった高揚があるらしい。ツイッタやフェイスブックなるものが、いかに人々を支配するか、いかに人々から搾取するか、という点については、僕はまだとことん考えていないが、もしかしたら、あとで書くかもしれない。今は置いておこう。

このように人の弱みを上手く利用したものは昔から多い。たとえば、宗教がそうだし、それ以外にも、あらゆる商品に少しずつ潜んでいたりする。ツイッタは、無料じゃないか、と言う人は、何を奪われているか知らない幸せ者(馬鹿の意)である。

それでも、手近なところで、他者との繋がりが確認できる、自分は一人ではない、孤立していないと安心できる、というのは精神衛生上良いかもしれない。もちろん、それこそが人の弱みであって、つけいられているわけだが、まあ多くの人は適度に安心し、適度に感情を揺さぶられ、適度に暇潰《ひまつぶ》しができる。そのくらい、自分の力では、安心できず、感情も揺さぶられず、また暇も潰せない人が多数だという証でもある。

七夕のときに、短冊というのを笹に付ける。そこに願いごとを書く。神様だったら、文字を書かなくても、願うだけで察してくれるはずだが、何故かそうは考えない。そして、自分の書いた短冊が誰にも見られない、ともみんな思っていない。人に少しは見られたい、という感情がどこかにある。だから、綺麗な文字で書く。もちろん、自分の名前は書かないだろうけれど、そういう願いがあるのだ、と知ってほしい気持ちがたしかに存在する。子供の願いを親は見てみたい。叶えられないくせに、である。

「ちょっと誰か聞いて、これどう思う？」というような呟きもある。昔だったら、新聞の投書欄に多かった。ああいう投書を、大勢が毎日、何回もやっているわけだ。まあ、そのうち疲れてくるとは思うが、そんな一生やるつもりはないよ、と軽い気持ちなのだろう。しかし、子供たちは、これがスタンダードだと思って育つから、やっかいなことにならなければ良いが、とは少し思う。願いを呟けば、誰かが助けてくれる。僕には神様がついているんだ、という人間になったりしないか。そこまでは、真剣に心配はしていない。実質的な被害は、安全側に見積もっても、千人に一人くらいだろう。

僕がツイッタをしたら、「ほう」「あそう」「違う」の三つの呟きで充分だ。

49 グーグルで「森博嗣」を検索すると出てくる写真は誰？

これは、今は出なくなった。誰かが「これは森博嗣ではない」とクレームをつけたのだろうか。同姓同名の人は日本に沢山いるので、どこかの森博嗣の写真だったかもしれないのだが、作家のプロフィールと一緒に表示されているのは、やはりまずいだろう。僕はまずくないが、その写真の本人は迷惑だったのではないか、と想像する。

僕はまずくない、と書いたのは、顔が売れることに、僕は消極的だからだ。普通に街を歩いていて、「あ、森博嗣だ」なんていうのは避けたい。だから、ほかの人の写真が出ることは、非常に紛らわしくて良かった。みんなの記憶がだんだん改竄《かいざん》されてほしいな、と密かに期待していた。でも、そう上手くはいかないようだ。

一頃、西尾維新《にしおいしん》氏を検索したときにも、全然関係のない人の写真が表示されていた。多くの人が、あれが西尾維新だと思ったことだろう。僕は、本人を知っているけれど、普通の読者は知らない。森博嗣よりももっと顔を出さない作家だからだ。

僕は、現在はアマゾンにある作者のプロフィールに写真を出している。もうこの一枚だけにしようと思っている。ちょうど手で口が隠れていて、人相がよくわからない写真なので、これくらいなら良いかと判断したものだ。土屋《つちや》賢二《けんじ》先生のように、「あまりの美貌でみんなが驚かないように」しているわけでもない。作家が顔を売ってどうするのか、と思うだけである。

もっとも、最近、国語の教科書に僕のエッセィが採用されたとき、どうしても顔写真が必要だと要求された。その教科書を使う高校生には知られてしまうことになる。

僕のスタンスというのは、相手がアプローチしてきたときには、けっこういろいろ明かすことにしているが、単なる通りすがりの人に、選挙演説のようにアピールはしない、というものだ。雑誌や新聞やテレビには顔を出さない。だから、教科書は例外的な措置だった。その教科書に使った写真は、『創るセンス 工作の思考』という本の帯に使ったもので、奥様に撮ってもらった一枚である。この本は、よほどマニアックな森博嗣ファンか、そうでなければ模型マニアや工作好きだけが買うだろうと思って、写真を使うことにした。これも、「通りすがりは来ない」という計算からだ。鉄道模型の本を何冊か出しているが、そこには普通に僕が写っている写真が掲載されている。

作家の写真というのは、当てにならない。何十年もまえのものだったりする。「え、いつの写真?」とか思ってしまうが、そもそも作品だって息が長い。「いつの作品?」と思うことの方が多いのだから、バランスは取れているかもしれない。

50 「壊れた」と言うと、「壊したんでしょう？」と言われる。

「壊れた」と「壊した」は、結果は同じである。でも、過程が違うので、その過程を問題にする人が多い。なにかの機械が壊れたときに、僕としては、壊れた状態の機械に焦点がある。そこを言っているのである。それに対して、聞き手（つまり僕の奥様だが）は、「機械は自然に壊れるようなことはない」という信念を何故か持っていて、まるで僕がむちゃくちゃなことをしたとでも言わんばかりに、「壊した」と言い直させるのだ。

僕にしてみると、「壊した」とは、壊す意思があって破壊することである。普通の用途に使っていたり、万が一だが、間違った使用法であったとしても、壊すつもりがない場合は、「壊した」は言いすぎだと思う。やはり、「壊れた」が表現として正しいはずだ。たとえば、今日、ある電子基板にプラスとマイナスを間違えてつないでしまい、LSIという部品がぱちんと破裂して割れてしまった。まあ、百円くらいで買える部品だし、こういうことは日常茶飯事だ。しかし、僕は、「あぁあ、壊れちゃった」と呟くだけで、「壊してしまった」とは思わない。もう少し主張するなら、これくらいのことで壊れるように作られているのか、という気持ちがある。頑丈なものというか、壊れにくい製品を作ってもらいたい。そう、これは「壊れにくい」ものだ。けっして「壊しにくい」とは言わないはずである。違いますか？

別のエッセイで書いたが、奥様のミシンを修理していて、失敗したことがある。あのときに、奥様は、僕が「壊した」と強く心に焼きつけたようだ。ことあるごとにその話を持ち出す。もちろん、ほかにも掃除機とかコーヒーメーカとか、僕が修理をしているときに、偶然だが、壊れたことも事実である。しかし、それよりも十倍以上、僕は機械の修理に成功しているのである。打率でいったら、九割以上は直っているはずだ。

彼女にしてみると、機械の中身を調べるために分解することが、既に「壊している」状態に見えるらしい。そんなことを言ったら、修理というのは、壊してから直す行為になる。これは外科手術と同じだ。医師は、患者に切りつけて、怪我をさせているのである。手術だって治らないことがあるだろう。それは、「殺した」わけではない。「死んだ」のだ。その証拠に、医師は殺人罪には問われない(例外はあるだろうが)。僕は、心から自分が外科医にならなくて良かった、と思っている。

こういう理屈を、奥様に投げかけたことはない。理屈が通る人ではないことを僕はよく承知しているからだ。それはともかく、最近の機械、特に家電はもう直せなくなった。なにしろ分解ができない。ネジがないものも多い。困った世の中になったものである。

51 事故が怖いから車の運転をしない、という人が増えた。

日本の車の登録台数は、このところ減っている。また、運転免許を取る若者の数も減っているという統計があった。それほど問題にするような大きな変化ではない。ただ、年寄りのドライバが増えているのは、人口分布からして明らかで、現在の道路近辺は、昔よりも危険だと考えて良いだろう。自動車の安全性は、大部分が運転者の質に依存しているからである。

そういう社会の動向はさておき、ときどき、「私は事故が恐いから運転をしない」と言う人がいる。免許を持っているかどうかではない。しかし、そういう人は、人の車には乗せてもらっている。ということは、自分だけが運転に向いていない、という意味で言っているわけだ。僕は、向き不向きというよりは、気構えというか注意のし方の問題で、運動神経とか性格はほぼ克服できると感じている。そうなると、人の運転よりは、自分の運転の方が「自分で気をつけよう」と思えるだけ有利な気がするのだが。

また、自分は酒を飲みたいから車の運転をしない、という人もいる。そのくせ、店で飲んでおいて、飲まなかった仲間の車には乗るのである。こういった神経が、酒飲みの悪いところだと思う。この場合、酔っ払ったあとの神経の話だ。

人の車に乗せてもらうというのは、その人に命を預けている。運転している人間に、相当な負担をかけているのだ。そこを気遣う必要がある。一人で運転をするときと、誰かが乗っているときでは、まったくストレスが違う。責任がかかっているからだ。

したがって、自分で運転をしない人は、人の車にもなるべく乗らない方が良いし、酒を飲んだときにも人の車に乗ることを遠慮しよう。それがマナーだと思う。どうしても、というときは、タクシーに支払う料金の倍くらいは出すつもりで乗った方が良い。お金の問題ではないが、それくらいの気遣いをして当たり前だ、ということである。

昔は、自動車を運転する人は、自動車が好きな人だった。だから、運転がしたいだろう、乗ってやるよ、という感覚があったと思う。年寄りは特にそうだ。しかし、今は違う。運転をしたくて乗っている人であっても、人を乗せて運転がしたいわけではない、という点を考えた方が良い。是非、と誘われないかぎり、乗らないのが良いと思うし、また、車で来ている人が同じテーブルにいたら、酒はなるべく飲まないようにした方が良い。その程度の我慢ができない人間が酒飲みには多いが、恥じ入るべきだと思う。

鉄道が好きな人は、鉄ちゃんと呼ばれてオタク趣味だと認識されているが、この頃は、車好きも、だいたい同じ感じになった。これは、カーちゃんか。

52 入札したのに金の工面ができなかった、というニュースに驚いた。

社会で注目を集めた建物が競売にかかり、ある人がそれを落札した。ところが、その金額を結局準備できなくなった。というようなニュースを見た。この建物にも買った人にも興味はないのだが、一番驚いたのは、払えない金額、つまり自分が持っていない金額を入札することができるのか、という点だった。

僕は、オークションはネットでしかやったことがない。あの、木槌《きづち》みたいなもので、机を叩いて金額を決める実際のオークションに参加した経験がない。そのネットのオークションでも、入札者は、落札金額がすぐに出せなければペナルティが科せられる。普通の買いものだったら、金がありませんでした、で謝れば良いが、オークションでは、ほかにも入札をした人がいて、払えなかった、すみません、では済まされない。たとえば、入札で次点になった人は、落札できなかったので、その金をほかのことに使ってしまうかもしれない。そうなったあとに、次点の人に購入の機会が回ってきても遅い。揉《も》めることになるはずである。

きっと入札した時点では、金の工面ができると考えていたのだろう。一般に、多くの事業家というのは、工面ができる額が、自分が所有している金だと認識している。つまり、借りることができるならば、それはもう自分の金だと思っているのである。庶民には理解できない感覚かもしれないが、そういうものらしい。

かくいう僕は、まったくの庶民なので、金を借りてまでしてものを買ったことはただの二回しかない。二十四歳のときに、十四万円の版画を二年ローンで買ったことがある。それは、給料というものをもらえるようになったために、そういうことがしてみたかったのだろう。もう一回は、初めて家を建てたときに、勤め先（大学）と住宅金融公庫から借りた。これもローンだ。数年後に、現金で一括返済して終わりにした。そうしていなければ、今でも払い続けていたことになる。

それ以外は、すべて現金で支払っている。土地も家もそうだ。借金をできるような身分ではない、ということもある。もし、息子や娘がローンを組むというなら、僕はその額を支払って、僕に返済するようにさせるだろう。保証人になるよりは、ずっとましだ。

金額というのは、借りたり、もらったりして、認識するものではない。自分で稼いで、自分が手に入れた額が基準だ。そうでなければ、金の価値を把握することはできない。結局は、その価値を把握していない人たちが、簡単に大損をしてしまうのだ。価値を知っている者は、大損をしない。しないような道を選ぶ、ということである。

53 ツイッタでバレてしまう、ということに気をつけましょう。

僕がかつて勤めていた職場にいた同僚などが、最近、ふと他者に僕のことを語ったりする。それを聞いた人が、ツイッタで呟く。「うちの先生は、森博嗣を知っていて、あの人は、○○だった、と言っていた」という具合である。

こういうことは、僕が、普通の人よりは多少広く名前を知られているから起こる。僕が誰も知らない一般人だったら、聞いた人がツイッタに書いたりしない。このとき、僕にはべつに問題はないのだが、その僕の噂をした同僚は、プライベートな場所での発言を、一番聞かれたくない人間（僕）に知られてしまうのである。僕には面白いことだが、その人には、苦々しい経験になるだろう。

このように、ツイッタというのは、「これ、内緒だけどな」というようなことが、どこからともなく漏洩する。秘密なんてあったものではない。しかも、損をするのは、有名ではない人の方なのだ。ここに気づいていない人が多い。

有名なスターがホテルに女性同伴でやってきた。ホテルマンが、ふと、それを呟いてしまった。これが、仲間に電話をするとか、会ったときに話すとか、そのレベルならば問題にならないが、ツイッタでは、あっという間に、そのスターに知られることになる。普通の人は、スターが迷惑を受けたと考えているが、それは間違い。スターはそんなことは計算済みである。本当に秘密にしたかったら、人前にわかるようには現れない。しかし、このような場合はホテルにクレームをつけることになるはずだ。職業倫理としていかがなものかと。すると、呟いたホテルマンは処分されることになるだろう。さて、誰が損をしただろうか？

ようするに、ツイッタは、世間のどこかで、どんな話がされているのかを、簡単に把握できる、というメリットがあって、このメリットを活用できるのは、名前を知られている者、あるいは組織ということになる。商売でも利用ができるが、一般に大きな商売、有名な商売の方が有利だ。ツイッタが無料で利用できるのは、メリットがある側が存在するからである。逆にいえば、一般の大勢の利用者が平均的に損をしていることになる。

大多数は、ただ仲間意識を持ちたい、という「気持ち」で参加し、一種の安心を得る。けれども、なんでも勝手に呟けるわけではない。問題になるとすぐに叩かれてしまう。大人しく、空気を読んで、良い子でいなければならない。SNSなど、さらにそういう秩序を求める仕組みになっている。ちょっとした悪戯《いたずら》や、巫山戯た行為、愚痴《ぐち》や悪口が、先生や管理者に知られてしまう。「支配」を感じない人は、かなり鈍感だ。

54 近頃の僕は読書家だ。理由は、書店に行かなくても良いため。

仕事から引退したことで時間に余裕がある。だから、これまでの人生で一番読書をしていると思う。出版社から届く本もあるし、自分で買う本もある。半々くらいだろうか。以前は、書店に行って、めぼしい本を探したものだが、今はネットですぐに見つかる。すぐに買える。便利なものだな、と感心するけれど、しかし、よくよく考えてみたら、これが普通のことなのだ、と気づく。ネットが一般に普及して二十年近く経っているのである。昔から、こうなることはみんなが考えていた。どうしてこんなに時間がかかったのか、という方がむしろ不思議であって、その「慣性の法則」というか、社会の質量の大きさを感じずにはいられない。

というわけで、書店にほとんど足を運ばなくなった。まず、毎月買っている雑誌も、結局すべてネットで注文するようになった。雑誌のコーナで新しいジャンルのものを探すのが好きだったが、そういうこともネットで簡単にできる。

それから、品揃えが僕好みで、店員の感じが良い店が次々に閉店になった、ということもある。大型店で、ビデオやゲームや文房具などを一緒に売っている店が近くにできると、周辺の書籍専門店では太刀打ちできないようだ。でも、そういう大型店も、潰れるのは時間の問題に思われる。たぶん、そんなことは経営者も百も承知で、しばらく稼げれば良い、と考えているだろう。そういう「無臭」の店が増えた。なんというのか、店員はすべてアルバイトで、どの店も同じで、綺麗だけれど、特徴というものがない。

今の書店を必要としているのは、立ち読みをする人たちだろう。これは、想像だが、ほぼ確実だと思われる。立ち読みというのは、厳密には違法行為だが、若い人は誰もそれを知らない。平気で立ち読みしている。書店も、立ち読みを許さないと客が来ない、と信じている。立ち読みして書店員になった人が多いからだ。

昔の本屋では、立ち読みをしていると店主から叱られたものだ。あまりに酷いから、ある時期から漫画は立ち読みができないようにビニルでカバーがされてしまった。そもそも、図書館ではただで本が読めて、個人が読みたいものがリクエストできる仕組みになっているのだ。こんなふうだから、立ち読みがまさかいけないことだとは思ってもいない。図書館といえば、どうして漫画を入れないのか、とみんなは怒っている。心配しなくても良い、そのうち漫画も入るようになるだろう。図書館の方針はとっくにそれくらい堕落しているから、時間の問題といえる。

ネットで本が買えるのは、実に素晴らしい「普通」である。まさにスタンダードだ。

55 存在感って、何だろう？

存在感というのは、最近できた言葉のように思う。簡単にいえば、「影が薄い」の反対である。だったら、「陰が濃い」とかでも良かったかもしれない。なんとなく、そこにいるだけで「威圧」されるような感じというのか。だったら、「威圧感」でも良いように思うけれど、そこまでいやらしくない。主張をしているわけではなく、受け手が勝手に感じてしまうものなのである。しかし、「存在感を示す」というように、本人の行為や努力で変えられるようなものらしいので、一概に言えない。不思議な言葉だ。

スカイツリーができたとき、それを見て、「存在感あるなあ」と呟いている人がいたが、そういうふうにも使うのだろうか。あれだけ大きいのだから、当たり前というか、ちょっと言葉として拙《つたな》い気がする。富士山にも使わない方がよろしい、というのが僕の感覚である。むしろ、比較的小さなものなのに、大きく見えるとか、目立つというときに使った方が適切に思えるが、いかがだろうか。

「存在感を示す」という場合には、なんらかの動作が伴う。つまり、そこに現れて、仁《に》王立《おうだ》ちしているだけでは示せない。技の冴えを見せるとか、有用な意見なり発言なりをたまにするとか、そういうことで、「さすがだな」とみんなに感じさせるわけである。ただ見えるところに現れるだけで、「忘れていた、この人がいたっけ」では、存在感を示すという感じにはもの足りない。それから、悪いことをして存在感を示すこともできない。それは単に「目立ちたかった」「世間に注目されたかった」「彼女に振り向いてほしかった」というような、よく犯罪者が口にする惨《みじ》めな理由になってしまう。テロとか無差別殺人とかでも、「存在感を示すために」という目的は聞いたことがない。また、悪戯など、世間を騒がせるような愚行《ぐこう》でも、「僕の存在感のためにやった」という動機を聞いたことがない。案外、言葉としては使えるのではないかと思っているのだが、事実上、そんなことで示す「存在感」の方が虚《むな》しいか。

反対の言葉はないものだろうか。喪失感、虚無感など考えてみたが、ややベクトルが違う。無常観という言葉はあるが、無情感では変だろうか。というよりも、無常観を持っていることを他者に感じさせるような人物であれば、それは無常観感だ。そういえば、まえに書いた世界観を他人に感じさせる、世界観感などは、実際にはあるように思う。この言葉が普及すれば、説明が楽になる事象があるだろう。難しくなってきたか。

うちの犬は、周りに誰もいなくなると「僕はここにいるぞ」と吠えることがあるが、あれは、犬なりに存在感を誇示《こじ》しているのだと思われる。

56 マクドナルドが好きなので、また書いてしまおう。

一カ月に一度は、マクドナルドへ行く。いつも必ず頼むものはホットコーヒーとポテトだ（つまりセットになっているので）。ハンバーガについては、そのときどきで考えることにしている。以前に、ビッグマックが一番好きだと書いたら、森博嗣は必ずビッグマックを食べていると受け止めた人がいる。人間というものは、そこまで単純ではない。どんなに好きでも、十年もずっと同じものを食べるのは、鈍感でなければ容易ではない。

ところで、僕がよく行くマクドナルドには、推定三十代と思われる膨《ふく》よかな人と、推定四十代と思われる、痩《や》せた背の高い人が売り場に出てくる。どちらもベテランだ。店の奥に誰かいるとは思うが見たことがない。それで、大変失礼なことで恐縮するが、あっさり書いてしまうと、僕はマクドナルドを思い浮かべると、『デブの国ノッポの国』という小説を連想してしまう。こんな侮蔑用語の本は今どきは絶版だろう、と思いつつ検索したら、まだちゃんとアマゾンで販売されている。ただ、僕が読んだ本とは絵が違っている。もっと写実的な絵柄だった。

小学生のときに読んだものだ。ストーリィもだいたい覚えている。デブの国とノッポの国は戦争をしている。デブの国の人は、朗《ほが》らかだけれどだらしない。ノッポの国の人は、真面目《まじめ》だが怒りっぽい。そこへ主人公が迷い込んで、というありがちな展開である。

僕が好きだったのはイラストで、特に、人間以外に、建物や乗り物などが、デブの国とノッポの国でそれぞれ、それらしくデザインがされていた。デブだからといって、デブな自動車に乗りたいものだろうか、と不思議に思ったのを今でも覚えている。たとえば、白人は白い家に住んでいる、ということもないはずだ。

しかし、自分たちの文化というものは、こんな感じなのかもしれない。美しいと思うものが文化によって違っている。デブは、だらしないことを知らない。それが普通だと認識している。また、ノッポは、自分が怒りっぽいとは感じていない。どちらも、自分たちと同じ人しか知らなければ、なおさらである。また、相手の国の人を見たときに、その異質さに驚き、感情的にも理解し難いものに多々出会うだろう。そういうことを、面白おかしく教えてくれた本だった。

で、マックの話だが、膨よかな人も、痩せた背の高い人も、どちらもあまり愛想は良くない。でも、てきぱきとしている。どちらかというと、ノッポの国の人っぽい。すると、あの人は、もしかして帰化したのだろうか、とも想像してしまう。大変失礼なことである。しかも、マクドナルドとはなんの関係もない話で申し訳ない。

57 宝くじとか馬券で儲けたとき、税金がかかるの？

よく調べずに書いている。見当違いだったら、読んで損をしたと思って下さい。

このまえニュースで、競馬で儲けたのに申告をしていなくて脱税の罪に問われている人の話が出ていた。それは、当たらなかった馬券のための支出が経費として認められるかどうか、という判断の裁判だった。

競馬で儲けた金に税金がかかるとは驚いた。では、宝くじもそうなのだろうか。どちらも国がやっているのだから、あらかじめ税金を差し引いておくのが筋というものではないか。つまり、馬券や宝くじが買われたときに、消費税のように全員から税金を取れば良いし、当たった場合は金額に応じて税分を差し引いておけば良い、と思うのだ。

たぶん、所得税の考え方があるからだろう。消費税はみんなにかかるが、所得税は儲けた人に余分にかかる仕組みになっている。幸運にも沢山の金を稼いだ人は、そうでない不運な人よりも沢山税金を納めなさい、という累《るい》進《しん》課《か》税《ぜい》の考え方だ。しかし、馬券も宝くじも、当たる確率は誰でも同じであって、ようは沢山買った人ほど、確率的に当たる金額が高くなる。そうなると、当たって儲けた分に課税されるなら、当たらなかったときの損を経費として計上したいと考えるのももっともだと思える。

消費税は「全員に一律にかかる」と表現されるけれど、金を沢山儲けた人は、その金を使わないと意味がないわけで、そのときには消費税がいちいちかかる。したがって、金持ちほど多額の消費税を払うではないか、という話にもなる。

結局、この裁判では、馬券の買い方が普通ではないという理由で、特別に経費として認められたが、もちろん、控訴したかもしれないので、決着したかどうかは知らない。こんなふうに揉めることになるのだから、当たりくじは、その倍率に応じて税金を引いておけば良いのではないか。ようするに、源泉徴収みたいに。

べつに、こうしなさいと強く訴えているわけではない。僕は馬券も宝くじも買わないので無関係だ。ただ、税金の取り方という問題には、少し関心がある。なにしろ、この国は税金を上手く取れなくて、凄まじい財政危機に陥っているのだ。消費税も、上げると言っては反対され、ちっとも前進しない。つべこべ言わずにさっさと十パーセントにすれば良いのに、その手前でもじもじしている。こんなふうに決められない政治が続くから、国民は「もしかして、消費税アップって、そんなに国民に負担なの？」と余計に心配してしまう。マスコミも、自分たちが庶民の味方だと強調したいから、とにかくマイナスイメージで伝える。「こんな低い税率で悩むな」と諸外国は見ていることだろう。

58 思い知らせてやりたい人間は、そもそも思い知ることができない人だ。

これは、本当にこういうことなのである。どうしようもない、といえばそれまでだが、もともと思い知る能力がないから、思い知らせてやりたいと他者に思わせるような行動を取ってしまうのだ。だから、思い知らせることは諦めて、もっと嚙《か》み砕《くだ》いて丁寧に説明をするか、無視して離脱する（関わらないようにする）かしかない。

「目には目を」というような手法が古来ある。ある子供が別の子供に暴力を働いたら、その悪い子を叩《たた》いて叱《しか》る。そうして、叩かれたときの痛さを知らしめる。言葉で説明をしてもわからない年代であれば、ある程度は有効だろう。同じ形で立場を逆にした状態を見せる、というのは、言葉による説明でも効果がある。「もし誰かが、貴方が大事にしているものを壊したとしたら、どう感じるのか」というような仮定の話になる。

しかし、そういった想像がそもそもできない人間もいる。想像ができないから、さきのことを考えず、その場の損得で動いてしまうのだろう。そうなると、やはり思い知らせることはできない。

また、人間というのは、自分に対するバイアスがかかっていて、誰でも自分贔屓《びいき》であるから、逆の立場を架空の話として聞かせても、それはそれ、これはこれ、あいつと自分は違う、という価値観が基本にある。感情とは、その種の防御をするものだ。

しかし、社会的な正義というのは、そういった個人の感情を排除して、できるかぎり公平に、そして論理的に問題を解決しよう、という立場のものである。そう、正義というのは、感情ではなく、理屈なのだ。そこをまちがえてはいけない。

こういった道理がなくなってしまうと、それはもう「無法」というものになるだろう。今のところ、世界中を探しても、完全な無法地帯というものはない。少しずつ、やってはいけないこと、守らなければならないこと、というものを決めて、社会は成長してきたし、これからもそうしていくしかない。

僕が最近「大事だな」と思うのは、「根に持たない」ことだ。意見は言う。我慢をしていないで率直に伝える。しかし、そのうえで、その不満を帳消しにして、リセットするという姿勢である。これは、感情的には難しいことだが、正義の理屈としては、採用しなければならないだろう。いつまでも過去のことを根に持っていたら、ずっと恨みを持ったまま、我慢をしつづけなければならない。それは、お互いに不毛である。

たとえ相手がこちらを嫌っていても、それを理由にして憎み返すのもよろしくない。普通に接することである。「何故怒っているの？」と問いかければ良い。

59 こんなテーマで書いてほしい、と言われることが多いけれど。

こんなテーマで執筆してほしい、あるいは講演をしてほしい、という依頼が来るが、ほとんどお断りしている。そのテーマではちょっと、と思うからだ。たとえば、子供の教育について、などで依頼が多いのだが、まったく自信がない。なにしろ、子供は二人しか育てたことがない。しかも、彼らはまだ三十歳くらいで、教育が成功したかどうか、結論が出ていない。とても人様にものが言える立場ではない。

このまえ、仕事について書いてほしい、と頼まれた。これも意外な依頼だったが、その意外さゆえに、面白いから抽象的な内容を書いてみた。結果として、重版が何度かあって、僕が「これくらいなら売れるかも」と請け負った部数を上回った。編集者には、「この内容が売れるというのは、それだけ社会が歪《ひず》んでいる証拠ですね」と言っておいた。社会がまっとうなら、当たり前の話で、売れる本にはならないはずだからだ。

たいてい、僕が面白いと思うものは売れず、こんなものにニーズがあるのかと思うものが意外に売れる。僕は自著について、これくらいの部数かな、という予測を立てるのだが、小説はすべて予想外に売れる。僕の予想が低すぎるのだろう。趣味関連の本などはもう少し売れると思ったが、全然売れない。

どうして、コンクリートについて書いてくれとか、ジャイロモノレールのことを詳しく、という依頼が来ないのか。かなり有用な情報が書けると思う。それに比べると、どうでも良いようなテーマばかりで依頼が来る。世の中の人というのは、そういうどうでも良いことばかり知りたいのだろうか。僕は不思議でならない。印刷物としての「本」というものが、元来どうでも良い浅い情報しか書かれてないと見るべきか。つまり、印刷して商売になるくらい部数を刷らなければならないから、その分、先が鈍り、下らないもので飾りつける結果になる。でも、これからは、本は印刷する必要がない。少部数でも良い。少しずつ、スペシャルな内容のものが増えてくるはずだ。

世の中の人は、自分に関心のない分野のものを読まないらしい。僕は、自分に無関係な分野のものこそ読むべきだと考えている。だから、歴史や経済の本をよく読んでいる。具体的に役立つことはない。でも、抽象的には大いに得るものがある。

だから、たぶん、世の中の多くの人は、この抽象的に物事を捉えることをしていない。小説でさえ、なにか教訓を得たり、自分の好きなキャラを求めたり、という具体的なものに目を向ける。「広く興味を持つ」とは、「中心から外れたマイナなものを見逃さない」ことだ。あちらこちらへ視線を向けることで、客観的になれると思う。

60 病院へお見舞いにいくのは、本当に親しい人だけにした方が良い。

病院へ見舞いにいく経験はもう数知れない。また、僕は自分が入院をしたことが何度もある（特に若い頃）ので、見舞いにきてもらったときの気持ちもだいたいわかる。もし、あなたの親とか子供とか兄弟だったら、お見舞いはどれだけ頻繁に行っても良い。つまり、二親等までということ。それ以外になると、親戚でも行く必要はない、と僕は考えている。また、来てもらいたくもない。

さらに、普通の友人や職場の人だったら、もう行かない方が良いとさえ思う。それでも、義理を感じて行くことが多かったが、たぶん、向こうも義理を感じて、嬉しそうにしたのだと思う。行かなければ良かった、と今は反省している。

近頃は、入院をしていても、電話もメールもあるのだから、メッセージを伝えることもできるし、相手の様子もだいたいわかる。いきなり病室へ押し掛けるのは、つまり、いきなり寝室へ入っていくような行為であって、少なくとも事前に訪問を伝えるのがマナーだと思うし、相手が断ったら、絶対に行かない方が正しいと感じる。

もちろん、入院している原因にもよるし、入院している人にもよるので、一般的な話ではない。僕のように考える人は少数派かもしれない。でも、こう思う人もいる、ということを意識してほしい。なにがなんでも駆けつけることが善ではない、という意味だ。

これから死んでいく、という人を見舞ったことも何度かある。そういうことは、なんとなくわかるものだ。もう戻ってくることはないのだな、という覚悟は、こちらが抱くもの以上に、実は、当人の方が「帰れないだろう」と感じるものらしい。そういう場合には、一回は会っておきたい、と考えるのが人情だ。また、年寄りであれば、メールや電話もできないかもしれない。言葉を聞くことができる最後のチャンスになるかもしれない。けれども、それでも僕は、行かない方が良い、と最近は感じている。

その人が元気だったときの姿を最後の思い出にした方が良い。病室で窶《やつ》れている顔でオーバライトしたくない。それは、こちらのエゴかもしれないけれど、当人だって、そう考えている可能性もある。僕は、自分が入院したら、そう考えるだろう。

死を看取ることについても、以前に書いたとおり、その場にいる必要を感じない。生きているときのことを覚えているし、今はいないのだな、という対比は、死の現場にタイミング良く立ち会わなくても、充分に実感できるものである。

ドライな考え方かもしれないけれど、べつにこれは「軽視」ではない。また、必要だと思う人を非難しているのでもない。自分の価値観で行うことをすすめたい。

61 僕は最近でもときどき、コロンボの新作を夢で見ている。

夢をよく見る方だ、という話は何度か書いている。高校生のときに、起きてすぐに夢の内容を書き留める、ということを（趣味ではなく、文化祭のテーマの一環として）したために、夢を忘れにくくなったのかもしれない。もちろん、今はメモなどしていない。

毎晩ぐっすり眠ることができる。夜中に起きることは滅多《めった》にないが、夢の合間に少し目覚めて、「今のは傑作だったな」と振り返ることはある。そして、寝返りを打って、またすぐ眠ってしまう。若い頃は、寝付きが悪かったのだが、それはたぶん勉強や仕事のストレスのためだったのだろう。そういうものが消えて、今はすぐに眠ってしまう。夢は、むしろ多くなったように思う。ストレスがあった時期は、夢を見る余裕もなかったのかもしれない。

テレビドラマの続きを見る、なんていうのは序の口である。自分が主人公になっているものもあれば、自分はそのドラマの監督、という場合もある。ストーリィが非常によくできているな、というものは、十に一つくらいで、ほとんどは荒唐無稽《こうとうむけい》すぎて使いものにならない。でも、拾える発想は多々あって、「これは思いつかなかったな」と感心する場合が多い。いったい、誰が考えているのだろうか。

空を飛んだりする夢は見なくなった。あと、巨大な怪獣が出てくる夢ももう見ない。それどころか、恐い夢をこの頃は見ない。非常に穏やかな日常生活が多くて、芸術作品のようにリアルだ。しかし、目を覚ましたときには、それが自分の少しまえの状態だと気づく。「ああ、あのときのことだ」という具合である。大した出来事ではないのだが、やはり心の片隅に引っ掛かっていたのだろうか、なんて常套句《じょうとうく》を書いてしまったが、心のど真ん中だったかもしれない。

相変わらずよく見るジャンルは、うっかり忘れてしまって、とんだ失敗をする、どうリカバするか、というものだ。用意したものを持ってくるのを忘れたとか、用意する時間がなかったとか、である。それで、突然これから本番だと気づいて、さてどうやって誤魔化そうか、とか。その次に多いのは、長年学生を相手にしていたためか、ちっとも理解しない学生にどうやって教えるのか、どうしてわからないのだ、というような内容。

それから、試験を受ける夢もよく見る。数々のジャンルの試験に臨まなければならないのだが、充分に準備できていないうえ、覚えたものが思い出せない。これらは、覚めてから、「ああ、もう試験なんか受けなくて良くなったんだ」とほっとする。よほど嫌だったのだな、と今さら認識するしだいである。

62 不満と楽しさは、ベクトルが平行ではない。

不満に感じていることが解決しても、それは楽しさには直結しない。不満がなくなれば、満足がありそうなものだが、そうではなく、ただ「普通」があるだけである。一方、楽しさや満足を妨げるものは、不満になる。つまり、一方通行のようだ。

こういった例は非常に多い。嫌いなものに理由があって、そういう理由がなければ好きか、というと少し違う。ずれている。嫌いなものはない方が良いけれど、その状態が、すぐに「好き」とはいえない。

大きな不満を抱えている人は、その不満さえ解消されれば、そこに望んでいる楽しさがあると勘違いをする。だが、不満が解消されても、それは普通の状態にすぎない。そこからどの方向へ行けば幸せがあるのかは、また別の問題なのだ。

それから、不満というものは、誰もがある程度は分担しなければならない。たとえば、税金が高いとか、景気が悪いとか、天気が悪いとか、暑すぎるとか、ある程度の不満はしかたがない。不満があるとどんな楽しみも実現できないのかといえば、そういうわけでもない。もちろん、楽しみで不満が解消できるともいえないけれど、でも、「まあ、これくらい楽しいことがあったから、少々の不満はしかたがないか」という具合に、自分の気持ちで多少の修正的処理ができる。楽しさと不満は同じ軸にはないものの、仮想的に捩じ曲げて処理しているのである。

悲しみと面白さも、寂しさと楽しさも、同じ軸にはない。正反対の事象、あるいは感情ではない。あるときは、悲しさが面白さになることもあり、寂しさが楽しみになることもある。軸が違うので、両者を相殺《そうさい》することは完全にはできないけれど、これを処理するのも、やはり想像力というか、思考による納得、つまり自分を説得する行為だろう。

怒りと愛情も、当然ながら同じ軸にはない。怒るの反対は、単に怒らない、つまり平常心である。

つい、同じ軸にあるものだと誤認してしまい、間違った処置をしてしまうことがあると思う。泣いている子供に、楽しいものを見せて忘れさせることはあるものの、これは単に興味が移っているだけの話で、泣いた原因が解消されたわけではない。

感動して涙が流れれば、すべてが美しいものとして認められる、と勘違いしている人は多い。「間違っている」の反対も、「正しい」ではない。単に「間違ってはいない」であることが多い。賛成と反対も、正反対とはいえない。酸性とアルカリ性のように中和ができない事象が、ほとんどだ。

63 上からの声も下からの声も聞けない人間になるのは何故か？

成功した人の言葉に対しては、「成功したから言えるだけ」と聞く耳を持たない。一方、失敗した人の言葉であれば、「こいつが何を言っても無駄」と突っぱねる。そうなると、結局は自分に近い、同じような境遇の仲間のうち、自分と同じような意見にだけ頷《うなず》く「同感」しかしない人間になる。その仲間にたまたま素晴らしい人がいたら幸運だが、たいていは、うだうだと愚痴を言い合うことしかできない。そういう人間だから近くにいるのだ。愚痴を言い合って、それで「話がわかり合える」と勘違いをする。それが仲間というものだと錯覚し、極端に狭い井戸の底で生きていくことになるだろう。

若いときに大事なことは、とにかく沢山の人の言葉に耳を傾けることだ。人間は本当に沢山いる。想像以上にいろいろな人間がいて、そんな中には、とんでもなく素晴らしい人がいるものだ。べつに、その人を好きになる必要はない。むしろ嫌いでも良い。でも、言葉を聞くこと。反発したければすれば良いし、間違っている、信じられない、と否定しても良い。それでも、「どうせ、こいつは俺とは違う」などと無視しては損だ。無視できるかどうかは、もう少しさきにきっとわかる。

ずっと時間が経って、「ああ、あのときの言葉は、こういうことだったのか」と気づくことが必ずある。そういうものを覚えていることは、宝物を持っているのに等しい。ガラクタだと思っていたものが、急に輝きを増してくるときがある。

言葉と書いたけれど、人からもらえるものの多くが、やはり言葉を通しての場合が多いからだ。もちろん、そうでないものもある。それは、その人の生き方、その人の態度、その人の行動などだけれど、これらは、しっかり見ようと思っていないとわからない。それに比べると、言葉は向こうから、とにかくは届くし、それに覚えやすいから、忘れにくい。デジタルだからである。

自分よりも上や下からの言葉を聞けない、というのは、つまりは防御だ。自分を守りたいという本能が、そうさせる。異質なものを取り入れて、今の自分に変調を来したくない、という心理である。しかし、食べ物のように当たって、不健康になるようなものは極めて少ない（例外として、宗教関係で一部恐いものがあるにはあるが）。

防御は、もう少し歳を取ってからでもできるので、若いうちは、ガードを少し下げて、少々のパンチは浴びた方が良い。そうすることで、打たれ強くもなる。これは、「言葉」の話だが、「暴力的な言葉」ではない。ごく普通の意見、しかも、あなたのことを思って発言された「親切な言葉」のことである。

64

年収の一割しか遊びに使えない。だから仕事をしているのか。

たびたび書いていることだが、僕は就職（同時に結婚）以来、収入の一割を趣味につぎ込んできた。このルールは今でも健在である。つまり、一千万円を遊びに使いたかったら、一億円を稼がなければならないのだ。「つまり」なんて書いて、具体例を示したつもりだが、情報はなにも増えていない。

これは、逆にいうと、使いたいお金の十倍を稼がなくてはいけない。全然、逆に言っていない、同じことの繰り返しだ。もう少し突っ込んで考えると、残りの九割は税金のようなものといっても良い。すなわち、所得税で九割取られるような状況といえる。もちろん、税金ではなく、その九割は、僕と奥様の生活を支えるわけだが、事実上は何割かは実際に税金として日本国民のものになる。健康保険とか年金とかも取られる。もちろん上限の最高額なので、馬鹿にならない金額だ。これらも、税金のうちだと認識している。同様に、家庭のために使われる生活費も、一種の税金のようなものだ。電気代とか水道代も同じで、僕にしてみたら、趣味以外のものは、生きていくための福祉に関わるものであって、やはり税金と大差はない。

　そういうわけだから、消費税が十%になろうが、どうということはない。微々たる数値だ。なにしろ、僕の趣味の買い物は、消費税九百%なのだから。

　一部で「引退した」と噂されている僕は、小銭を稼ぐために、ときどき本を書いている。ところが、この執筆さえも、もしかして趣味なのではないか、という疑惑が浮上している。それはないだろう。印税を稼いでいる。金が稼げるものは趣味ではない。しかし、趣味のための準備ではあるから、たとえば、工作のために刃を研いだり、工作室を掃除するのと同様のプロセスと考えることもできる。これをしないと気持ち良く趣味に没頭できない「支度《したく》」なのだ。だったら、もう趣味の一環ではないのか。

　いつまでもこんなふうではないと思う。どんどん趣味の工作環境は整いつつある。工作器機も整備され、またジャンクを集め、キットも買い求めたので、今後収入が途絶えても、十年分以上の蓄えが確実にある。ほとんど金を使わなくても楽しみに没頭できるだろう。ただ、それでも、消耗品はある。ほんの少しは買い物が必要かもしれない。その場合、なんとか十倍の金額を稼いで支度をする、ということだ。

　あ、そうか、と今気づいた。趣味の品々を売れば良いのだ。そうか、その手があったか。これまで、売ったことはない。でも、そろそろ考えた方が良い。その場合も、売った金額の一割が、僕が使える資金になることは確かである。

65 一所懸命やったことは、なにものも無駄にはならない？

そんなことはない。一所懸命にやっても、無駄になることは非常に多い。一所懸命なんて誰でも簡単にできる。無駄をなくすことは、そんなに簡単ではない。極めて難しい。合理的に考えて、どう一所懸命になれば良いのか、という見通しがまず必要だし、たとえ見通しが正しくても、幸運でなければ、成功はしない。

だから、「無駄にはならない」という物言いは、少し嘘が混じっている。ただ、その「無駄」に価値を見出すことができるかどうか、という問題なのだと思う。

成功しなければ、その時点では無駄になるかもしれないが、成功しなければ、すべて価値がないのか、というとそうでもない。たとえば、やっている最中《さいちゅう》や、やり遂げたときに感じる楽しさがある。これは、無駄といえば無駄だ。そんなことを言ったら、人間が生きていること自体が無駄だ。いつかは死ぬのだから、なにをしても、結局は無に還《かえ》る。でも、そのときどきで感じるものがあれば、それは一つの収穫とも言える。

そういう意味では価値を見つけることはできるし、また、価値があるなら、それは無駄ではない、と言えるのかもしれない。

自分が成長したなと感じることだってある。実際に、その経験が次に活かせるような例も多い。だから、すべてが無駄というわけでもない。となると、どうせやるならば、一所懸命にやった方が良い。だいたい、なにかがわかる。多くの場合、「自分がわかる」ということである。自分がどれほどのものかがわかる。自分の非力を知ることだけでも、知らないよりは明らかに優位だろう。

一所懸命にやると、抵抗を感じる。いい加減にやるよりは、大変だ。楽ではない。しかし、そもそも「やり甲斐」とは、そういう抵抗感のことである。その場はいらつき、焦り、苦しい。どうして思うようにいかないんだ、と自分を責める。

僕は、たいてい工作のときにこういう状態になっている。つぎつぎに難題が発生し、つぎからつぎへと失敗がある。もうやめた。もう諦めよう。少し頭を冷やした方が良い。何度もそう考えるけれど、それでもなかなか抜け出せない。そうしているうちに、ふと上手くいかない理由を思いつく。なんとなく閃《ひらめ》くのだ。それで、問題が綺麗に解決すると、本当に嬉しい。「ああ、諦めなくて良かったな」と思う。これが、つまり、一所懸命になっている状態であり、いわゆる「やり甲斐」というものであり、そして正真正銘の「楽しさ」だ。こういうものがあるから、やめられない。また挑戦しよう、もっと難しいことをやってみよう、と考えるのである。

66 「平和」とか「豊かさ」というのは、いかに「棚上げ」するか、かも。

自分に関わることでは、棚上げはしたくない。決着しておきたい。わからないことは、さき伸ばしにするしかないけれど、できることは早めに白黒つけておきたい。僕はそう考える。

しかし、僕以外のこと。たとえば、他者との関係、あるいは社会、そして世界という広がりを持つ対象は、そう簡単にはいかない。個人ではない。個人で決着をつけられないものが増えてくるのだ。それは、みんなが同じではないし、お互いの利害に相反する関係になることも多いためだ。

そうなると、決着をつけるためには、喧嘩をしたり、戦争をしなければならない。平和的に話し合いをすることが一番良いけれど、しかし、もともと利害が一致していないのだから、どちらかが、あるいはどちらもが妥協をするしかない。

かつては、けっこう決着をつけていたことが、今は世界中で情報がオープンになりつつあって、力任せで押し通すことは難しくなった。そういう倫理のようなものが、世界的な共通認識になったためだ。これは、非常に良いことだと思う。

では、どうやってお互いの不満を解消するのか、といえば、それは話し合いをする振りをして、事実上問題を棚上げにするしかないだろう。これは、決着をつけないことで決着をつける、という発想である。棚上げにするということを決めれば、それは一つの落としどころということになる。いがみ合っていたものも、棚上げになれば、しかめ面を向け合う機会も少なくなる。それだけでも、ありがたい。

平和とか豊かさを優先して、棚上げにするのだ。もともと、「戦争をしない」というだけでも、一種の棚上げである。そう、休戦がそもそも棚上げだ。そうすることで、お互いに利があることに気づく。否、気づいていた人は多いけれど、それが言いだせない、という空気みたいなものがあったりする。そこは、政治力で解決するしかない。

リーダというのは、グループ内の人気取りが役目ではない。そうではなく、みんなを説得して、少し我慢をしよう、その代わり良いことがきっとある、信じてくれ、と言える勇気がリーダシップだ。みんなに、リーダの言うことだから、少し我慢してやるか、と思わせなければいけない。今の政治家は、あまりにも、国民の人気取りに走りすぎる。これは、選挙というシステムの唯一のデメリットともいえる。もっとも、選挙で選ばれたのではないリーダも海外には多いが、暴動などを恐れ、むしろ余計に国内での求心力のために動くことが多いようだ。平和のために棚上げする勇気を持ってほしい。

67 明るい酔っ払いを「良い酒」などと言うが、かなり迷惑である。

どういうわけか、酔っ払うと明るくなる人と、逆に暗くなる人がいる。そのままという人はあまりいない。変貌しなければならない、という暗黙のルールがあるのか、あるいは、変化がなければ、それはまだ酔っ払っていない状態であって、飲み足らないと判断するのだろうか。どうせ飲むなら、酔っ払わないと意味がないのは確かである。

暗くなるだけなら良いが、人に絡む場合があって、これはいただけない。また、明るくなるだけなら良いが、下らない話をつぎつぎ聞かされるのも堪らない。ようするに、人を巻き込んだ酒というのはよろしくない、と言えるだろう。一人で気分が良くなる、というふうにこっそり楽しんでもらいたい。それが「良い酒」というもの。

そもそも、酔っ払わなくても、明るい人間というのは、面倒くさいものだ。少しの時間ならば良いが、長い時間になると疲れる。どちらかというと、暗い人間の方が、もし親しくなるなら好ましい、と僕などは考えているくらいである。たとえば、声もあまり大きくない人が良い。というよりも、声の調節ができる人が良い。身体能力的にできない場合はしかたがないけれど（うちの犬の一匹がそうだが）、無意識に大声でしゃべってしまうとしたら、その無意識は、「悪い無意識」である。

　この頃は、人に酒をすすめなくなった。これはとても良いことで、当たり前の心遣いというものだが、昔はとにかく人に酒をすすめたものである。酔っ払えばその人間の本性が見える。その本性が見たいから酔わせる、という「悪意」だったのだろうか。そんなに人の本性が見たいだろうか。少しわからない心理である。他者の弱みを握りたい、というような浅ましい願望かもしれない、とは想像する。

　日頃気の小さい人が、酔っ払って気が大きくなる、という例もある。これは、本性がそうなのかどうか、微妙なところだ。なにか一つ箍《たが》が外れた感じかもしれない。すると、その箍は本性に含まれないということになるが、どちらかというと、酒に酔って弱まる本性と捉えた方が、本人をよく現わしている気もする。昔の日本では、酔っ払ってしたことは許してもらえる、というような文化があって、これなどは、理性が眠っていたのだからという感じなのか、「責任能力がなかった」といった近頃の精神鑑定にも通じる考え方だ。しかし、無理に飲まされたのであればしかたがないが、自分から飲んだのだとしたら、そこには責任があるだろう。飲酒運転などは、こちらの考え方を取っている。

　まえから書いているが、新幹線などに禁酒車を作ったら良いと思う。大声で話されるのは、煙草の煙よりも迷惑だ、と僕は感じる。

68 「微妙」の意味が、実に微妙である。

微妙は、ここ最近では、「冴えない」という意味に使われている。もう十数年になるだろうか。「微妙ですね」と言うと、今一つよろしくない、という否定になる。若者はほとんどこの意味に使っている。しかし、上の年代では、そうではない。

辞書を引くとわかるが、微妙には良い意味がある。「美しさの味わいがなんともいえないさま」とか、「細かいところに複雑な意味や味が含まれていて、なんとも言い表しようのないさま」とある。例として、前者では「微妙な調べ」、後者では「微妙な関係」が書かれていた。このいずれもが、今の人たちには、否定的に捉えられるだろう。少なくとも、かつては逆に近い意味であったことを、若者も知っていた方が安全だ。

もともと、「妙」というのが良い意味である。この漢字を名前にした「妙子《たえこ》」という人も年配者には多い。ちなみに、妙という文字は、少女と分解ができるので、意味としても少女を現わすことがあった。けっして悪い意味ではない。非常に優れていること、とても美しいこと、という意味だ。それが、強調されて、不思議なこと、普通ではないことの意味で、「妙な話を聞いた」みたいに使うようになったらしい。もちろん、「奇妙」とかもその類である。

だから、「微妙」というのは、少し控えめな美しさのことで、堂々と表に出るものではなく、どこかに隠されているのだが、それが香るように感じられる、そんな粋な表現だったのだ。

何故、否定的な言葉になってしまったのか、というと、おそらく「微妙すぎて、わからない」というような表現がそのまえにあったからだろう。あまりにも、繊細な美しさであるから、荒っぽい見方をしたのでは見逃してしまう、という意味だ。けれども、現在では、この「〜すぎて」というのも、単に強調表現になっているので、「微妙だからわからない」となり、わからないことの原因が「微妙」になってしまった。だから、わからないもの、理解できないことを「微妙」と表現するようになったのだろう。

時代の価値観として、かつては、わからないのは自分の理解力が足りないからだ、といった分析が主流だったが、今は、わからないのは、わかるように作られていないのが悪い、と直結する思考が増えた。ディテールに凝った繊細な美は、ずばり「微妙」になるか。俺は素人なんだぞ」という上から目線の消費者にとっては、ずばり「微妙」になるわけである。したがって、この言葉を否定的に使っていたら、意味としては古来の良い方に解釈し、発言している人間の理解力は、新しい方の意味で評価すれば良い。

69 本当に良いもの、自信のあるものには飾り付けをしない。

これは、どんな分野にも共通している。ところが、一般の多くの人には、良いものを見抜く目がない。本当に美味しいものを感じる舌もない。だから、つい飾り付けが凝っているもの、目に見えるいろいろなサービスがあるものを「良いもの」だと評価してしまう。そして、そういう表面の飾りを重視する審美眼には、本当に良いものが、「なにか、あっさりしていて、薄い、もの足りない」と感じられる結果になる。

飾りオタクみたいなものかもしれない。飾りフェチといっても良い。特に、マスコミが映像や言葉で伝えることができるのは、具体的な飾り付けの部分であって、本質の凄さは「言葉にならない」ために伝達できない。「凄さ」というのは、本来理由などないのだが、飾りには個々にそれなりの理由があって、言葉で表現がしやすい。「ちょっとした工夫」「遊び心溢れるアイデア」「拘りの部分」など、すべて飾りである。そこに価値を見出しているのは、女性の美しさをファッションで測っているようなものだ。

僕は、幾つか小説を書いたが、これは少し自信があるというアイデアの場合、ほかに細々としたものを加えないし、また、凄さを無理に強調せず、できるだけさりげなく、っても、結局は同じ感じになる。そこで、さらりと書く傾向にある。この反対に、これは今一つだなとか、無理に考えた感じが拭《ぬぐ》えないとか、そういったものの場合は、周囲に飾り付けを施《ほどこ》し、また、それが凄く見えるように演出をして作る。それで、結果としてどうかというと、九割くらいの読者は、後者の方が、複雑で凄い発想だと評価する。前者に対しては、あっさりしている、軽い感じだった、くらいの感想が多い。

この読者の反応に対して、僕はまったく不満というものはない。多くの人の感性が、そうだということがわかる、というだけだ。それでは不満だから、自信のあるアイデアにもしっかりと飾り付けをしよう、などとは考えない。それでは台無しになることが、作者としてわかるからだ。そして、読者の残りの一割の人の中に、本当の凄さを受け止める人がいて、その人たちには、やはり最上のものを最上の状態で届けたい、という職人としての使命感を感じている。素晴らしいものは、「素」で出す方が良い。淑《しと》やかで、奥床しい内に、静かに輝いているさまを見てほしい、と思うのである。

おおかた、そういった良い素材は、「わからなかった」「外れだった」と大勢から評価を受けるが、これは、価値のあるものに付き纏《まと》う抵抗であって、これこそ、「作り甲斐」と言えるものだろう。良いものを作る技は、人に気に入られたいという精神を滅した先にあるものにちがいない。いつか手に入れたいものである。

70 僕の本職は、草刈り人、芝生管理人、それとも水やり人。

春から秋にかけての半年間は、ガーデナになる。毎日、雨が降らないかぎり（ほとんど降らないが）半日くらい庭仕事をしている。草刈りなどは、毎日やっている。電動の草刈り機を使っているので、バッテリィがなくなったら終了。たまに二バッテリィやることもあるが、手が疲れるので一バッテリィがちょうど良い。

庭園鉄道関係の保線作業などは、仕事ではなく趣味である。だから、保線作業員と名乗ることはできない。遊んでいるだけだ。けれども、庭仕事は、僕以外の家族が、ほんの少し、微《かす》かなほどたまに、「綺麗だね」と言ってくれるわけで、果てしなく微々たる役に立っているから、いちおう仕事といえると思う。

自分の部屋とか、ガレージとか工作室とかを掃除して整理をすることもあるけれど、これも仕事とは思えない。趣味のうちだと思う。たいていは、友達が訪ねてきて、そこへ案内しなければならない日が近づいているから腰を上げるわけだが、それでも、その友達のためにやっているのではなく、自己満足である。さきほどの庭仕事で、奥様からお褒めの言葉をいただくのとどう違うのか、明確には説明ができない。

奥様も庭仕事をするのだが、二人で一緒にしている感覚はない。距離も離れているし、話もしない。あそこでなにかしているな、というぐらいである。したがって、庭仕事は孤独だ。この孤独が良い。仕事は孤独を感じさせるものが好きだ。趣味でも同じであるが、仕事の方がさらに孤独だと思う。研究をしているときに、よくそう思った。

草を刈りながら、いろいろなことを思いつく。それが面白い。八割方は忘れてしまうけれど、二割はすぐに使える。工作のヒントだったり、小説やエッセィに使えるネタだったりする。大したことではない、その程度のものだ。たとえば、研究者に求められる発想は、三年に一度くらいだろうか。

晴れている日は水やりをしなければならない。これが二時間くらいかかる。けっこう退屈な時間だ。自動水やり機なるものを作っても良いが、それを作るのも面倒だ。このまえ、水やりをしているうちに、空が暗くなり、今にも雨が降りそうになった。もうちょっとで水やりが終わるから「あと少し降らないでほしい」と思ったけれど、こういう理不尽な要望というのは、社会でも意外に多いものだ、と発想できた。一人で含み笑いをしてしまった。孤独でも、楽しさはさまざまある、ということ。

明るいうちは、庭で遊び、鉄道で遊び、線路の工事をしている。夜は、工作室に籠《こ》もっている。いったいいつ小説を書いているんだ、とふと思いついて、含み笑いをする。

71 人からおすすめしてもらわないと、一歩踏み出せない人が増えた。

平和になって豊かになって、両親に可愛がられて育った人にありがちな傾向かもしれない。自分でなにかしたいな、と思ったら、それをすれば良いのだが、まず「これがしたい」と呟くのだ。そうしておいて、周囲の反応を待つ。空気が読めないでは困る、と言われているからかもしれない。そして、周りには、ちゃんと反応してくれる親とか仲間がいて、「うん、やってみたら」と背中を押されて、ようやくものごとを始められるのである。こういうのは、一言で表現すれば「甘え」ではあるけれど、そういう甘い空気の中で育ってきたので、それが普通のことになっている。本人は意識さえしていない。

ツイッタなどが流行するのも、こういった「甘え」の構造がある。念のために書いておくが、僕はこれが一概に悪いことだとは考えていない。甘えとは、つまり寄り添うことであるし、人に依存することだから、社会的であり、協調性があるともいえるからだ。

さて、たとえばなにかを買いたいと思ったら、まず「これを買おうと思っているんだけれど」と呟くのである。すると、誰かが、「わ、羨《うらや》ましい、私もそれが欲しかったんだけれど、ほかのものを持っているから今は買えない。買ったら、是非見せてね」と反応してくる。そうなると、これはすぐにも買わないといけない、とやる気が出て、ついに実行する（買う）ことになる。「自分が欲しい」という理由だけでは、実行に移せない。人から賛同を得て、人から羨ましがられることが確かめられないと、実行できないのだ。

つまり、意思決定を自分一人ではなく、周辺に分担させている。そうしておけば、万が一失敗したときにも、「あいつの口車に乗ったのがいけなかった」と他者のせいにできるので、自分が傷つく割合が少ない、という安全装置としても機能するだろう。

極端な例になると、この他者への負担割合が、自分よりも大きくなる。できるだけ大勢から反応が欲しい、そういうことに価値がある、と無意識に考えてしまう。たとえば、悪戯をしてでも注目を集めたいと思う。自分の立場が悪くなるかもしれないというリスクよりも、他者に振り向いてもらえることの方が優先される。そんな悪戯が問題になって、なんらかの処分を受けたというニュースが最近事欠かないが、周囲の正義の目も含めて、やはり同じ「甘えのシステム」中にあることが、皮肉といえば皮肉である。

僕も、「これが買いたいんだけれど」と根回しをすることは多い。たいていの場合、「そんなものいらないでしょう？」と反対されることがわかっているが、いきなり買ってから強い眼差しを受けるよりは、幾らかましだろうと考え、ショックを和らげるために呟く。もちろん、呟く相手は、奥様（あえて敬称）ただ一人であるが。

72 リタイアというプロジェクト。

六十代か七十代が普通だと思うけれど、早い人は五十代で、勤務していた仕事をリタイアする。そして、そのあとは、自分一人あるいは夫婦で、新しい生活、長年思い描いていたライフスタイルを実現したい。そういう願望をよく耳にする。それを実現している人が雑誌などに頻繁に登場して、どうすれば自分の夢が実現できるのか、と読者に訴えかけている。実は、僕にそういうものを書いてくれ、という依頼が幾度かあった。

ところが、僕自身は、自分のことをそういうふうに捉えていない。たぶん、誤解をされているのだろう。ここで、自分なりの認識を少し書いてみたい。

まず、今の僕の生活は、若い頃から夢見てきたとか、そういう理想のゴールではない。僕はだいたい、そんな人生設計をしたことがない。五十歳以上は生きられないと信じていたし、そのときそのときで、いつもやりたいことをしていた。将来のために蓄積したものといえば、工具とか模型の部品くらいであって、緻密《ちみつ》な構想に基づいたプロジェクトでは全然なかった。いつ仕事を辞めるのかとか、どこでどんなふうに生活するのかとか、まったくイメージを持っていなかった。

まったくイメージしなかったというのは、少し違うかもしれない。もっとぼんやりと、こうなったら良いな、ということは沢山想像した。その中の僅《わず》かに一つを実現したにすぎない。僕のイメージというのは、具体的なものではない。もやっとしたもので、たとえば、「毎日のんびり遊べたら良いな」とか、「こつこつと作れるものがあったら良いな」という程度のものだ。たまたま今は庭園鉄道に没頭しているけれど、特に鉄道が大好きというわけでもなく、飛行機でも良いし、船でも良いし、ロケットでも、ロボットでも良かった。そういう具体的なものに拘《こだわ》らない人間なので、プロジェクトが、「計画」とか「設計図」的な具体性を持たなかったわけだ。

今やっていることに厭《あ》きたら（そして、まだ健康だったら）別のことをするだろう。別のところへ引っ越すかもしれない。場所なんかどこでも良いかもしれない。それは、そのときの直感で決めれば良いことだ。あらかじめ予定しておかなければならないものではない。未来の自分に対して、こうしなければならないという足枷《あしかせ》をしたくない。自由に決めさせたい。準備としてあるとしたら、金を貯めることくらいか。

たまたま両親が亡くなったし、たまたま金があったので、仕事も辞めて、山の中へ引っ越した。それを決めたのは、引っ越す一年まえだ。計画的ではない。ただ、やっぱりこうなったか、と感じたことは確かだ。予想外でも想定外でもない。

73 クイズの本には、簡単に解ける問題があった方が良い。

クイズでも問題集でもテストでも、あるいはミステリィのトリックでも、問題は解けるか解けないかの二通りしかない。解けたような解けないような、という中間はない。あるように感じたら、それは解けなかった、に入れるべきだ。

普通の人は、解けたときには、その問題のことを「簡単だ」と表現する。また、解けないときには、「難しい」と言う。解けたのに、「難しい」と評価できる人は、かなりの上級者であって、これは少数派だ。むしろ、問題を出す側に立っている場合が多い。

この頃は、解けた人は「簡単だ」というのと同じ意味で、「簡単すぎる」と言う。また、解けない人は「難しすぎる」と言う。この「すぎる」が加わると、どうも問題に対する不満のようなものが滲《にじ》み出てくる。つまり、「僕にはこれは簡単すぎる」と言ってみて、一種の自慢をしたかったり、あるいは、「こんな問題、難しすぎる。解けるわけがない」と、出題者が悪いというような意味を臭わせるのである。

一方では、平均点が期待どおりの値になれば、その問題は「ちょうど良い」という評価を受ける。簡単でもなく、難しくもなかったのだ。出題者はそういう問題を「加減して」出している。それなのに、受けた側からは、「ちょうど良い難易度だった」とは絶対に言われない。平均点を取った人でさえ、そうは言わない。

テストは商品ではないが、クイズの本やミステリィはエンタテインメントの商品だ。問題集のように、難問ばかり集めても売れない。読み手に、解ける問題と、少し難しくて解けない問題を提示するのが良い。どちらかというと、難しい問題は少ない方が良く、そこそこ考えれば解けるという問題が多い方が、読み手は気分が良い。不思議なもので、問題が解けると、読み手は自分が勝ったような気分になれる。「ようし」とガッツポーズなどしたくなる。これは、誰に対して勝ったのか、というと、問題が解けなかった人を無意識に想定しているとしか思えない。たまに、何を勘違いするのか、出題者に勝った、と認識する人もいるけれど、これは、少々というか、だいぶ筋違いである。出題者にとっては、どれくらい上手に手加減をするのか、というのが勝負であるから、解けることも、また解けないことも、いずれも想定している。

TVなどのクイズ番組でも、奇妙なことに、得点を競ったり、勝ち負けを争うように演出する。ただ問題を出して、答を解説する、という純粋なクイズというものを見たことがない。こういう癖がついているから、本を読んだときも、誰かと競っているという勝手なモチベーションを持ってしまうのだろう。僕にはそれが不自然に見える。

74
文庫の解説者の選び方について。

何度か書いていることだから、知っている人が多いと思うが、最近の読者は、そんなものまで読んではいないので、もう一度書いておこう。僕は自分の本の解説者に、できるだけ小説家や書評家を選ばないようにしてきた（この理由は省略）。まず、担当編集者にこの条件を提示して、人選をしてもらう。そして、挙がってきた候補の中から僕が選んで、依頼をしてもらう。断られたら、また人選をする、という繰り返しである。

どうしてもこの人にお願いしたい、と僕から指名したことは、なかったわけではないが、数少ない。また、もし相手が「時間がなくて書けない」と断ったときには、本の発行を遅らせて、解説を待つようにしている。だから、編集者には発行の半年以上まえに人選をして依頼をするように、とお願いしている。小説家や書評家だったら、一カ月も時間があれば書いてもらえるけれど、一般の方は、まず本を読むのに時間がかかるし、もちろん自分の仕事で忙しいだろうし、ときには文章を書き慣れていない人もいるので、時間を充分に取るようにしている。

一般の方という場合、できれば、読者が知っている人が良いだろう。「この人もこう感じたのか」という共感が得られ、イメージもしやすい。そういう意味で、芸能人が選出されることが、かなりの高い確率である。

敬称略・順不同で挙げさせてもらうと、池波志乃《いけなみしの》、引田天功《ひきたてんこう》、星野知子《ほしのともこ》、だいたひかる、岩佐真悠子《いわさまゆこ》、木村美紀《きむらみき》、清水ミチコ、和希沙也《かずきさや》、坂本美雨《さかもとみう》、麻木久仁子《あさぎくにこ》、佐藤江梨《さとうえり》子、田中卓志《たなかたくし》、多部未華子《たべみかこ》、栗山千明《くりやまちあき》、中江有里《なかえゆり》、杏《あん》、遠山涼音《とおやますずね》、松田悟志《まつださとし》、嗣永桃《つぐながもも》子《こ》、といったところか（うっかり忘れて漏れた方がいるかもしれない）。このほか、噺家や棋士、映画監督が何人かいるし、漫画家になると作家よりも数が多いはずだ。

それで、この本の事実上の前書となる『つぶやきのクリーム』では、嗣永桃子《つぐながももこ》さんに解説を書いてもらい、ツイッタでけっこう反響があった。ツイッタというものが出てきたので反響がわかりやすくなった、ということである。この方は、編集者が提案した人で、僕はご本人を存じ上げなかったが、のちにたまたまTVを見ているときに、家族に教えてもらった。読者は、解説が（森博嗣の本に）「合っている」と「違和感があった」に二分されたが、僕は非常に良い解説だと感じた。書評家や作家には書けないものだ。この程度のことで違和感を抱くようでは、読者として器量が小さいのではないか、と思ったが、読者としての器量など、どうでも良いかもしれない。少なくとも、僕にはどうでも良いので、書くべきではなかった。でも、書いてしまったので、このままにしよう。

75 性描写が大人の証だと思っているなんて、非常に子供だと思う。

「大人」という言葉は、子供と大人の境の僅かに上、という意味であって、もっとずっと歳を重ねた大人に対してはあまり使われない。これは、pH（ペーハー）でいうと8くらいの弱アルカリだ。したがって、「弱大人」と認識できる。「強大人」というのは、「人間ができている」みたいな表現になってくるのかもしれない。

たとえば、「アダルト」というジャンルも、これを見たがるのは、その境界付近の年代であって、やはり「弱アダルト」でしかない。ただ単に、「そこそこ発育した」という程度の意味になっている。

肉体的には、もう十代後半で成長は終わるとも聞くが、人間というのは肉体的ではない動物であるから、その後も精神はどんどん成長する。二十歳よりも成長しない大人がいたとしたら、これはまずまちがいなく「あいつは子供だ」と言われるだろう。べつに子供でも良いと個人的には思うけれど、社会的には、これは非難の対象となる。この「子供」は、「弱子供」の意味であって、「未成熟」といった意味合いだろうか。

昔の純文学はそんなことはなかったのに、昭和の後半では、純文学は性描写がなければばならないような風潮が一部にあった。僕が読んだ少ない純文学には例外なくそれがあったし、また文章でも、偉い作家がそう書いていたこともあった（誰だったか思い出せない）。それは、そういったものが「深い」という認識からであって、人間を深く描くことが文学の真骨頂だ、という考え方のようだった。

人間の深さというのは、そういうものだろうか。もちろん、そういう深さもあると思うが、もっと別の深さも沢山あるように感じる。その後は、「醜《みにく》さ」が深さになったし、さらには、「迷い」や「執着」や「絆」が、深さとして描かれたかもしれない。

子供は浅いものであり、大人は深いものである、というのも、僕はどうかなと思わざるをえない。人間関係の複雑さも、大人も子供も同じようにあると思うし、また、犠牲的精神や愛憎なども大差はないと思う。最も違うのは、「築き上げた立場」みたいなものが大人にはある、という点だろう。これは、単に生きてきた時間に関係している「重み」であるが、では「記憶の量」は違うのかというと、これはどちらともいえない。子供の記憶量は、データ量として大人を凌《しの》いでいると僕は感じる。大人は、自分の過去を単純化していて、ストーリィとして、言葉として記憶し、単に「時間」を意識して「多い」「長かった」と自覚しているにすぎない。

「大人」を最も感じさせる創作は、子供向けの絵本である。

76 篩にかけると、粒ぞろいになるが、量は減る。

篩《ふるい》を使うことが、この頃では一般的ではない。僕は、研究室で実験をするために、よく篩を使っていた。自然界にあるものは、いろいろな大きさがある。たとえば、砂の粒子だって大きさはさまざまだから、これを篩にかける。目の細かさが少しずつ違う篩を十段くらい積み上げる。ちょうど椀子《わんこ》蕎麦《そば》とか、小籠包《しょうろんぽう》が入った蒸籠《せいろ》みたいな感じだ。これで、各サイズに分類して、その分布を調べたりした（そんな単純ではないが）。

それから、入学試験問題などを作るときにも、やはり「篩にかける」という表現を何度か聞いた。人間を特定の能力で分ける、という意味である。人間に対して使うと、どことなく差別をしている響きがあって文句が出たりするかもしれないが、足の速さを測ったり、身長を測ったり、視力を調べるのも、すべて同じだ。「篩にかける」とは、「その数値で分ける」という意味しかない。篩に残ったものを使うのか、篩を通ったものを使うのかは、そのときの都合であって、篩の作業には無関係である。

この範囲のものが欲しいという場合、その条件を外れるものを除外するわけだが、当然ながら、もともとの量よりも、使えるものは減少する。あるときは、十分の一とか、もっと少ない場合もある。そうすると、残った大半を「捨てる」ことになる。入学試験であれば、これを「落とす」と言う。もっとも、入学試験は、満たさなければならない範囲が明確にあるのではなく、ただ相対的に比べて、必要な人数を通す。これは、篩にかける行為とは少し違う。つまり、量を少なくするために選別しているのである。

話はここで一気に飛躍するが、作家として、作品を書くとき、「ついてこられないだろうな」と感じたときに、「わからない人は去っていくだけか」と考えるか、「少し妥協をして、敷居を下げるか」と考えるか、で迷うことになる。ここにも、篩がある。また逆に、これから書こうとしている内容を考えると、最初に篩的なものを用意して、無理な人には敬遠してもらうように仕向けた方が良い、といった発想も頻繁である。たとえば、シリーズものでは、最初の作品に、その機能が求められるだろう。これが読めれば、シリーズを通読できるのではないか、と読者が感じるようにする。

篩にかけることとは、量を減らすことだから、ビジネス的にはよろしくないが、しかし、粒よりになる効果は期待される。その種の製品や作品は多いけれど、何故か「篩にかける」という表現は使われず、せいぜい「好き嫌いが分かれる」のように、選択するのは読者側だ、と表現されるが、面白い誤解だ。たまに、「人を選ぶ」と評されるものがあって、こちらは当たっている。作り手は常に、受け手を選んでいるからだ。

77 先延ばしにできる状況は、それ自体は素晴らしく贅沢だ。

「今日できることを明日にするな」と言われることが多いけれど、実は、「明日にしよう」と先延ばしすることは、非常に贅沢《ぜいたく》な状況だと思う。もしこういうことが少しもできないとしたら、それは「余裕」がない状態であって、明らかに好ましくない。

仕事は基本的に競争だから、少しでも早く物事を進めた方が有利になる。だから、上に立つ人間は、部下に「できることはすぐにしろ」と指示するだろう。これは、自分自身に対しても同じだ。「明日にしよう」という油断は、明日になってまた生じる可能性があるから、これを許すと、どんどん実行が遅れるかもしれない。

遊びでも、やはり「明日やろう」「今度やろう」と考えるばかりで腰を上げない人が多く、結果として自分が欲求不満になる。実際にやって楽しんでいる人を見て、「やっぱりやらないといけないな」と引け目を感じる結果になる。

僕は、若いときからずっと、「今できることは今しよう」と考えて生きてきた。仕事も遊びもそうである。寝ることも食べることも後回しにしていたと思う。基本的に、この姿勢は今も変わっていないのだが、しかし、ときどき、「少しは余裕を持ったらどうか」と自分にアドバイスができるようになった。これは成長かな、と思う。

仕事も遊びも、今の僕は時間的にとても余裕がある。たとえば、以前であれば、日曜日ならその日だけがチャンスだった。晴れていて風がなければ、なにをおいても飛行機を飛ばさなければならなかった。次にチャンスが巡ってくるのはいつのことかわからない。そう考えて、焦ってやっていたと思う。それが今では、年がら年中日曜日になった。天気など待てば良いではないか。もう少し体調の良いときにやれば良い。そんなふうに考えられるようになった。これは、歳を取ったからにほかならない。でも、以前に比べて、圧倒的にストレスを感じなくなり、たとえば、ストレスで体調を崩すようなことがなくなった。肩が凝ったり、頭が痛くなったりすることもなくなった。そういったことから、ストレスだったことが判明したともいえる。

しかしそれでも、若い人に「余裕を持て」と僕は言わない。余裕というのは、余裕のない状態を生きてこないと実感できないものだからだ。逆に言えば、あのときの焦った状況が、今の余裕を生むのかもしれない。とことん無理をして、躰《からだ》を壊さなくて良かった、というくらいの反省があるだけである。

どうして綱渡りなんかするのか。どうして危険な山に登るのか。いろいろなものに挑戦する人が多い。実は、そのあとに来る「余裕の実感」のためではないだろうか。

78 努力を続けることは、その努力を始めるよりも簡単である。

これは、一言で表現すれば、「慣性の法則」である。でも、人はだいたい、「努力の継続」に感心するものだ。「こつこつと続けたからこそ、成功があった」というふうに感じるのである。ところが、実はそうではない。それくらい続けなければならないようなものを、よく始められたものだ、というのが正しい。努力をすることよりも、努力をしようと決意したことにこそ、価値がある。僕は、そう感じる人間だ。

しかし、どうも人間はそういうタイプばかりではない、ということもわかってきた。簡単に始めるのだが、途中で投げ出してしまう人がわりと多数いる。そういう人から見ると、やはり「継続は力」となってくる。けれども、僕から見れば、それらの人たちは、単に読みが甘いだけのことで、努力の継続が難しかったというよりも、努力が予想外に難しかっただけのことではないか、と思う。きちんとした見積もりが自分の頭の中になかった結果であって、これは、決断をする時点では、労力を測り間違えていたわけだ。

もう一つ、努力の継続を妨《さまた》げる要因がある。それは、より魅力的なプロジェクトが目の前に現れること。つまり、自分がするべきことはほかにある、という誘惑だ。

努力の話では難しいなら、恋人に置き換えても良い。一筋に愛を貫くことは、それほど難しくない。最初に愛することに比べたら簡単である。ただ、最初に見誤っていたり、あるいは、別の誘惑があった場合には、一筋ではいかなくなる、というだけだ。

こんな分析をしているのはわけがある。「どうすれば、物事を続けて、成し遂げられるでしょうか？」と相談を受けることがわりとあるからだ。話を聞いてみると、尋ねる人はみんな、「継続することが難しい」と思い込んでいる。その思い込みで、始められない。これは悪循環と言える。まず、過去を振り返り、自分が努力を続けられなかった理由が、最初の目測ミスにあったのか、別の誘惑にあったのか、を確認しよう。

目測ミスをする人は、始めようという決断を少し遅らせて、すぐに手を出さない努力をしてちょうど良いと思う。もう少し自分の中で熟するのを待った方が良い。それから、誘惑に負ける人というのは、これはしかたがない。僕がこのタイプだが、誘惑をすべて受け入れていけば、そのうち誘惑するものが減ってくるので、心配することはない。次々手を出していれば良いだろう。恋人の場合でも、このとおりだと想像する。

というわけで、努力を続けることは、それほど難しくない、という認識を持っても良いと思われる。誰にだってできることなのだ。そもそも七十年も八十年も、毎日食べて、毎日寝て、毎日歩いて、と努力して生きているのだから、ごく「普通」である。

79 我慢をして不満を言わない人は、相手の気持ちを思いやれない。

これは、一般に考えられていることと逆だと思う。反論が予想されるが、あえて書こうと思う。

相手の言動で気に入らないことがあっても、直接迷惑を被《こうむ》っても、我慢をして黙っている、というのは人間として立派な態度である。少々のことは大目に見よう、と自分を抑制する。しかし、この処理が、自分の中で完結しないことが多い。つまり、相手に対する不満をずっと覚えていて（根に持っていて）、相手に対する悪い感情を育てる。また、自分は我慢をしているのだ、犠牲になっているのだ、という被害者意識も長く継続する。こうなると、我慢をしているが故に、相手の気持ちを察するような余裕が生まれない。相手が今度は自分に対して良いことをしても、感謝の気持ちが素直に出ない。「ま、それくらい、してもらっても当たり前だ」と処理される。

つまり、「我慢をしている」状態というのは、ストレスがあるために、精神的な余裕がなく、客観的にものが観察できなくなっているのである。

一方、相手に対して不満を言葉で伝え、自分の主張をしておけば、言いたいことは言った、という満足があり、さらには、あそこまで言うこともなかったかな、という小さな反動も生まれる。そこで、その後は相手に気を遣い、相手がどう思っているかをよく観察するようになるし、相手が好意的な態度を示せば、素直に受け止めて喜べる。

こうして考えると、「とにかく我慢をする」という処理が、必ずしも良い人間関係を築かないことがわかると思う。たいていの場合、愚痴を言い、しかめ面をしている人というのは、我慢をしている自分しか見えていない。

日本人は、自己主張が下手だといわれている。それでこの頃の人は、自分はこれが好きです、これが嫌いです、と自己紹介を頻繁にする傾向がある。でも、そのような自分の傾向を伝えるのではなく、相手のことに対してもう少し関心を持ち、相手の言動について、自分がどう感じたのかを素直に話す、という方が自己主張だ、と僕は思う。相手のことを褒めるだけではなく、そこは私は違うふうに考える、と伝えることが大事だ。好意的な意見は簡単だが、否定的な意見は難しい、特に親しい人に対しては。

否定的な意見を伝えることに慣れていないため、言葉の選び方が幼く、上手に伝えられなくて失敗をしてしまう（つまり人間関係にマイナスになる）人が多いと思うけれど、言葉を尽くせば、きっとこちらの誠意はわかってもらえるはずである。本当に大切な友人とは、大事なときにあなたに注意をしてくれる人だ。

80 グローバルとは、これは相手に通じるだろうか、と常に疑うこと。

メールというものが画期的だった。世界中の人と簡単に話ができるようになった。それ以前にも国際電話があったが、料金が高いし、時差の関係もあって、使いにくかった。もちろん、英語が話せないと困る。その点、メールならば辞書を引きながらなんとかなる。僕のような人間には、これこそインターナショナルの幕開けだと感じられた。

その後も、かずかずのオプションが加わった。ウェブというものが整備され、一方では、物品や金をやり取りするシステムも各種構築された。今では、自分の端末の前に座れば、世界中と対話ができ、調査も簡単になり、ショッピングもできる。本当に素晴らしい。今の子供たちは、このグローバルさを幼い頃から利用できるのだから、恵まれている。これを作ったのは自然ではなく人間だ、ということを思い出してほしい。

僕は、自作が翻訳されたり、また自分の趣味のウェブサイトを通じて、海外の人と沢山知り合うことができた。以前は研究関係だけだったので、話題も限られていたけれど、どんどん幅が広くなった。僕は英語が不得意だが、(本当に辞書を片手に)なんとかコミュニケーションを取っている。ときどき、通じないこと、あるいは誤解されることもあるものの、お互いに「伝えたい」「知りたい」という気持ちを持っていれば、いつかはパーフェクトな理解に至る。まったく問題はない。

海外の人と話をするとき、お互いが「これは相手に通じるかな」という自己チェックを常にしながら言葉を選ぶだろう。これがとても大切だ。言葉だけではない。自分が常識だと思っていることが、相手にとっても常識だろうか、と疑う必要がある。近くにいる友達とおしゃべりをするような軽い感覚ではなくなるけれど、しかし、そういった自己チェックの姿勢が、あなた自身を一回り大きくするだろう。実は、近くにいる友人に対しても、まったく同様の自己チェックをしなければならないのだが、そんなこと、普通は考えもしない。グローバルになれば、ローカルにも気づきが活かせる。

人間は、一人一人違っている。海外の人とつき合うと、生まれが違い、育った環境が違うのだから、という目で見る。しかし、それはすぐ近くの人であっても、まったく同じなのだ。たまたま同じような言葉を使っているけれども、その言葉をどういう意味に取っているのかは、あなたと同じではない。ときどき、それを思い出そう。

世界中のお店で買い物ができる。国内ならば二日ほどで届くけれど、遠くの国からだと一週間かかる。でも、それだけの違いだ。こういう状況が続けば、世界は本当に一つになっていくだろう。そうならなければおかしい、とみんなが思うはずである。

81 「謝るのはただ」は世間に浸透している。罰金の方がはるかに効く。

「頭を下げておけば良い」「謝るのはただなんだから」という台詞をよく耳にする。きちんと解釈すると、「謝る気持ちなんかどうでも良いから、謝った振りをしなさい」ということらしい。こうして本音を言葉にすると元も子もないが、実際の社会では、これがほぼ常識に近いものになっている。だからこそ、「謝って済む問題ではない」ということになってしまう。

たとえば、相手のミスでこちらが迷惑を被ったときに、すぐさま相手は謝りにくる。担当者だけではなく、ほとんど無関係だった上司まで出てきて一緒に謝るのだ。謝るためにそれだけの人数が何万円も交通費を使う。時間も使う。会社としては損失である。しかし、こちらは謝られても、何一つメリットがない。

こういうときは、「その気持ちをお金にするといくらですか?」と尋ねてみたいものである。「お礼」とか「お祝い」であれば、熨斗袋《のしぶくろ》に現金を入れて持ってくるのに、この「謝罪」の場合には、そういうことが滅多にない。めでたいわけではないので、葬式の袋に入れて持ってくる、ということになるのか。

半分冗談で書いているが、結局はそういう問題だと思う。謝罪の気持ちを現金で渡した方が良い、と僕は考える。人が来る必要もない。十万円くらい振り込んでおけば、少しは気持ちが伝わるだろう。あまりにも言葉だけで謝る人が増えたから、こういういやらしい考え方になってしまう、ともいえる。

僕は、これまでに三回くらい、この「いくらですか？」を実際にきいてみたことがある。相手はびっくりして、「え？」という顔になった。「五千円くらいですか？」と尋ねても、返事をしない。返事ができないのだ。つまり、五千円も出せないのである。会社にはそんな支出の制度はない、ということかもしれないが、個人で自腹を切れば良いではないか。五千円も出せないという人間が、どうして土下座ができるのだろうか？

僕が言っていることは、そんなに非常識だろうか？　たとえば、法律で禁止されていることの多くには、ちゃんと罰則があり、罰金が科せられる。法律には、「なにはなくとも、まず謝罪する」「土下座をする」とは記されていない。これが、人間が作ったルールであり、誰もが従っている最も合理的な仕組みなのだ。

もちろん、金さえ払えばそれで良い、という意味ではない。金の話を持ち出すと、そういうことが起こりやすい。頭を下げることが不要だと言っているのではない。言葉だけで気持ちが伝わるわけではない、できるかぎりのことを考えよう、という意味である。

82 「住民は不安を募らせている」っていうのは、マスコミの主観？

ニュースというのは、事実を報じるものである。マスコミは、今ではほとんどエンタテインメント産業となったけれども、「報道」については、まだそれなりのプライドを持っているものと思う。しかし、タイトルにあるような言葉が、ニュースの中で述べられることに、抵抗を感じないだろうか。もうこういったものに慣らされてしまっている鈍感な人は、「そうだよね、みんな不安だよねぇ」と頷《うなず》くだけかもしれない。だが、いったい、不安を募らせていることを、どうやって取材したのか、どのように立証できるのか、と考えてほしい。たとえば、市民の一人（記者本人かもしれない）がそう考えた、という事実だけで、「住民は〜」と報じても良いものだろうか。なにしろ、この言葉を聞いた人は、住民の大半がそう考えている、と受け取るのである。だとしたら、少なくともアンケートを取って、その割合を示してもらいたい。その責任があると思う。

事故などであれば、「心配」程度は嘘にならないかもしれない。大半の人は、心配などしていないのが事実だが、安心する人はいない。しかし、ときどき、これはちょっと安易すぎるだろう、というような「想像」や「願望」の類まで、マスコミは「誘導」しようとする。そう、誘導尋問と同じく、これは「誘導報道」なのだ。「僕は住民だけれど、そんなふうには考えない」と感じる意志の強い人は良いが、つい流される人、それから若者や子供などは、少しずつ洗脳されるだろう。危険だと思う。僕が、子供たちにTVや新聞を見せなかったのはこのためだ。二十年もまえになるが、自分の子供たちくらいは守ろうと考えた。これは、本当に良かったと今でも思っている。

「今後物議をかもすことになるだろう」「疑問視する声が上がっている」というような個人的な意見まで書かなくても良いのではないか。そこまで言いたい気持ちはわかるが、明らかに「公平な報道」から逸脱するものだと感じる場合が少なくない。

「みんなはこう言ってほしいはずだ」という想像でしかない。このような例は、毎日のニュースで頻繁に観察できる。具体的な例を挙げると下品だから控えたい。ほんの一例に留めよう。アメリカ軍のヘリコプタが墜落したとき、マスコミは、この事故の犠牲者に対する追悼よりも、住民の不安、オスプレィ配備への不安を語った。まるで、国民や住民がそう叫んでいるような表現だった。そのアメリカ軍は、そのヘリコプタで地震の被災地に物資を届けたのだ。せめて「安否が気遣われる」くらい言っても良さそうな場面だった。落ちたのはオスプレィではない。僕は、「こういう事故があるから、早く新型を配備した方が良いのかな」と思った。マスコミは「ずれて」いないだろうか？

83 無関係なミスで辞職に追い込むより、仕事上の手際を見てはどうか。

大臣などが、ちょっと不適切な発言をしたといっては大騒ぎする。謝らせて、辞職に追い込む。この頃、少し行きすぎだとわかってきたのか、多少は下火になったし、大臣たちも気をつけるようになった。そもそも、TVに出演して、不特定多数を相手に発言したものではない。どこかで誰かに向かって言ったことを、その一部だけを抜き出して、問題発言だ、と報道するのだ。そして、お決まりの、「各方面で物議をかもしそうだ」と締めくくる。各方面に反応しろ、と強要しているような物言いである。

そもそも、その政治家には、なにがしかの役目があった。国民から選出され、国民の金を預かって、仕事をしているのである。だったら、その仕事の手際をもっと見てはどうなのか。ちゃんと仕事をしているのか、なにかさぼっていないか、といったことをチェックし、それを報道して、物議をかもしてもらいたい。

簡単な言葉だけの、つまり、突っ込みやすいところでしか突っ込めないのでは、まるでちゃちゃを入れる芸人と同じだ。笑いを取るつもりならそれでも良いが、そういうことで、政治を引っ掻《か》き回していては、むしろ国政の妨害だと言われるようになるだろう。

この突っ込みやすい簡単な部分にだけ反応するというのは、「森博嗣の作品、カタカナ表記がうざいから嫌いだ」みたいなものである。「そこしか突っ込めないの？」ということになる。防御する側からすると、こういった突っ込みどころを用意しておく手が常套で、相手に攻めさせるポイントを作っておけば、相手の出方が予測できて有利になるのである。たぶん、政治家でも、やっている人はいるだろう。乗せられている方は、罠《わな》にはまっていることになる。

ちょっとそれは言い過ぎだ、それは不謹慎だ、もう少し配慮があっても良い、という指摘はいくらでもすれば良い。それに対しては、「ああ、そうだったね、うっかりしていました。ごめんなさい」と軽く済ませれば良い。深刻な問題ではない。笑顔で片手を上げるくらいでも良いレベルがほとんどだ。両手をついて深々と頭を下げるほどでもなく、まして、そんなことで辞職する理由なんてまったくない。いったい何人の大臣を「失言」で辞めさせたのか。この損失を誰か算出してもらいたい。金もだし、時間もである。無駄なことにエネルギィを使った責任は誰にあるのか。もちろん、失言した方も悪いのは悪い。しかし、許さない方は、それよりも重度だ、と僕は感じる。

女性問題とかでも辞職の必要はない、と僕は思う。犯罪は駄目だが、プライベートな問題ならば、個人的に解決すれば良い。仕事には無関係ではないか。

84
宣伝というのは、格好の悪い行為だった。

昔の感覚だが、以前の日本にはたしかに、こういった慎ましさがあった。自分で自分を売り込むことは「愚行」だと周囲には受け止められた。今のTVなどは、自局の宣伝ばかりである。そういうことが気にならない時代かもしれないが、日本人の持っていた一つの文化、あるいは美意識が消失しているように思える。

作家になって、本を売るための宣伝活動として、作家が駆り出されることに、僕はデビューしたときから抵抗があった。本が面白いと思った人が読み続けてくれれば良い。だから、自分の本を「是非読んで下さい」とお願いしたことは一度もないし、「面白いですよ」なんて言ったこともない。面白いかどうかは、僕が言うことではないからだ。

ところが、作家としてのコメントを求められることは頻繁だし、書店に立てるポップになにか書いてほしいと依頼されることも多い。そういうときには、無関係なことや、本のタイトルだけ書いて、あとは熊や犬の漫画を描いて誤魔化していた。

たしかに、これはビジネスなのだから、僕の姿勢はやや消極的すぎるかもしれない。けれども、そういう姿勢は非常に珍しいし、きっと誰かはわかってくれるだろう、と考えていた。実際には、僕の消極的プロモートにもかかわらず、結果としては本は売れたから、まあ、あれで良かったのだろうな、と今は思っている。もっと積極的に宣伝しても、たぶんほとんど変わりはなかっただろう。

どういう内容なのか、どんな面白さなのか、くらいは語っても良いと思う。でも、「見て下さい」「買って下さい」とお願いする言葉は、やはり行き過ぎだと感じるのだ。たぶん、これを発言している人は、深く考えないで、そうやって頭を下げるのが当然だと思っているのだろう。しかし、僕はそれは不合理だと考える。お願いするようなものではない。頭を下げるようなものでもない。違うだろうか？

同じ理由で、たとえば、選挙演説で「ご支援をお願いします」と言われると、どうも変だと思う。自分の政策のPRをするだけで良いのではないか。お願いするようなことではなく、判断は投票者がするものだ。お願いされたら、むしろ投票できなくなる。

本は読まないと面白さはわからないし、食べ物は食べないと美味しいかどうかわからない。だから、「一度ご賞味下さい」はぎりぎりセーフかもしれない。「一度」という部分があるからだ。政治家も「一度機会を与えて下さい」と言いたいのだろう。

まあ、政治家になると、土下座をする人間がいるから、ちょっと次元が違う。どちらかというと、お願いされて、つい票を入れてしまう方がどうかしている。

85 あやふやなものの上にすべてが存在している、という認識。

数学や科学の中にいると、すべてが論理によって組み立てられる。なにをすれば、どうなるのか、がほぼ決まっている。たとえば、僕が大好きな工作では、金属を所定の大きさ、精確な形に仕上げれば、それを組み合わせたものは、予測されたとおりに機能する。もし、うまくいかないことがあった場合、それは見逃していた要因が存在し、これに対処をすれば、やはり思いどおりの結果が得られる。

それに比べると、たとえば人間はやや不確定だ。あの人ならばこうだろう、と期待をしていても、ときどき裏切られることがある。自分に対してもそうだ。できると思っていたのに、急に体調が悪くなって、できなくなってしまうことがある。こういう人間が大勢集まって、ますます予測不可能になるのか、というとそうでもない。社会というものが、人間のばらつきを吸収する方向に機能するからだ。誰かが体調を崩しても、誰かがその代わりを務める、というように、あらかじめバックアップを用意してあるから、社会は、個人よりは論理的に動いている。これは、都会の方が、田舎よりも自然に左右されず、人間が決めたスケジュールに従って動いていることを見ても明らかだ。

一般に、自然というものは、既に現代人の身近ではない。それは、遠くから眺《なが》めて楽しむものになってしまった。富士山だって、遠景は美しい。緩やかで優しいカーブの輪郭だけが見える。しかし、富士山に触れようとすると、そこにあるものは、危険な荒野にほかならない。落石はあるし、吹雪もある。非常にままならないものだ。

自分の庭の手入れをするようになって、自然というものの気まぐれさを実感した。こうすればこうなる、という単純な因果関係は、あまりにも複雑でランダムな変化に埋もれ、ほとんど隠されてしまう。あとになって、あれが効いたのだ、このせいだったのか、と理解をすることはできるが、なかなか今後どうなるのか、精確に予測ができない。

「環境」と簡単に言うけれど、まったく全貌が摑めないあやふやなものの上に、人間の社会は構築されている。なんとかもっと情報を得ようと、科学者たちが努力をしているけれど、このさき人類が存続するために、何をすべきなのか、という議論に大衆はあまり興味を示さない。それよりも、どこの国が気に入らないとか、景気が悪いのは政治のせいだとか、原発の再稼働を許してはいけないとか、村から若者が出ていってしまうとか、伝統の祭が存続の危機にあるとか、そんな話をしたがっている。もうすぐガス欠になる車に乗っているのに、エアコンの温度設定で揉めているような状況だと思える。みんなで奪い合っている「快適さ」は、いつ消えるかわからないものなのに。

86 勤勉だと言われて、びっくりした。そんなはずはない、と考えた。

先日、「勤勉ですね」と言われて驚いた。僕は、勤勉とは正反対の人間だと自覚しているからだ。とにかく怠《なま》け者で、こつこつと努力ができない。言われたとおりに働けない。人と協調することができない。振り返ってみても、どれも中途半端で、なにも成し遂げられていない。はっきりいって「いい加減な」人間だ。

ときどき、これをしたいなと思って、数日頑張ることはあるけれど、常に考えているのは、いかに手を抜くか、いかにさぼるか、ということばかりだ。努力といえば、できるだけ体力を使わないように努めているくらい。

言い訳をさせてもらうと、僕は躰《からだ》が弱い。子供のときから人並みのことができなかった。力は弱いし、すぐに体調不良になる。どこか痛くなるし、気持ちが悪くなる。そうなると寝ているしかないし、寝ているのも苦しい。だから、自分で考えて、そういった悪い状態にできるだけならないよう、いつも注意をするようになった。

みんなは、いざとなったら頑張れる、という自信があるから、最初はのんびりしているようだ。僕は、いざとなっても頑張れないから、人よりも早く始めなければならない。少しずつ進めないといけない。そういう習慣ができた。したがって、コンスタントに進めるという点では、「こつこつ」と言えるかもしれないが、しかし、「根《こん》を詰める」ことはない。それ自体が僕には無理だからだ。

勤勉で思い出すのは、（古くてすみません）二宮金次郎《にのみやきんじろう》である。薪《たきぎ》を運びながら本を読んでいる少年の像を見たことがある人は多いと思う。あんなことをしたら、まず肩が痛くなる。本を読めば目が痛くなる。それだけで寝込むことになるだろう。だいいち、交通事故に遭う確率も高い。確実に危険な状態だ。そして、「勤勉な人」というのは、ほぼ例外なく、同様の危険を持っているし、また、僕が真似をしたら怪我をするだろう。

今年の四月に、僕はレンガ積みの工事をした。庭園鉄道のトンネルの出入口に、アーチ状にレンガを積み上げた。けっこう寒い日が続き、下旬には一度積雪十五センチの日もあった。それでも、毎日モルタルを練って、レンガを十数個ずつ積み上げた。まるで三匹の子豚の末っ子になった気分だった。

このレンガ積みが出来上がったとき、その構造の総量を計算したらトンの単位になっていた。そんな重量のものを自分一人だけで作ったのだ。つまり、レンガのように、片手で持てる大きさのユニットを組み上げていけば、重機を使わなくても、大きなものが作れる。昔の人間が考えた「楽な方法」であり、勤勉でなくてもできる手法だ。

87 「真価が問われる」のは、それが破綻するときである。

真価というのは、文字どおり本当の価値という意味だ。潜在的に持っている能力を出しきってほしい、あるいは今発揮しなければ、もう機会がない、といった場合に、「真価が問われるだろう」などと言うのだが、へえ、そうなのか、と思って観察していても、真価など全然問われずに終わることがほとんどだ。

ここぞというときに本領を発揮し、みんなに真価を示した場合であっても、おそらく第三者には、それが真価なのかどうか判断ができない。もっと凄いかもしれないし、たまたま偶然で良く見えただけかもしれない。価値の評価というものは、それくらい曖昧で、精度に欠けるのが一般的だからだ。

もちろん、当事者にも、自分の価値などよくわからない。これが俺の真価だ、と胸を張って言えるだろうか。もし言えても、単に言葉で自慢しているだけだ、と周囲には聞こえるだろう。

たとえば、完璧な津波対策で、もの凄い高さの防波堤を作ったとしよう。この防波堤の真価はどうすれば発揮できるだろうか？　それは、ちょっとした津波が打ち寄せたときではない。それよりももっと凄い能力を持っているはずなのだ。であれば、もっと凄い波が来ないかぎり真価は問われない。

ある材料の強度を測るには、何をすれば良いだろうか？　その材料が、どれくらいの力まで耐えられるか、という実験をするしかない。そして、その「強度」というのは、その力が加わると、材料が破断する値のことだ。だから、壊さないと強度は測れない。

さきほどの防波堤でいえば、その防波堤を破壊するか、乗り越えるような大津波が来たとき、この防波堤の限界がわかる。すなわち、このとき、防波堤の真価が明らかになるのである。

壊れてしまっては、真価を「問われた」とは言わないだろうけれど、しかし、その手前の余裕のある状態では、まだ真価は発揮されていないのだから、どう考えても、矛盾《むじゅん》していることがわかると思う。真価が問われたときには、既に限界を超えて、壊れているか、不充分な機能しかしていない。これは、おそらく、人間でも同じだと思う。具合良く、余裕で処理しているうちが華というものだ。

だから、ようするに、真価が問われるというようなことはない、といっても良い。人によっては、もうこれが自分のぎりぎりのところです、という演技をする人もいるので、そういう場合だけが例外といえるかもしれない。

88 自己評価というものは、自分にとっては絶対的なものだ。

僕のホビィルームには、何百台も機関車が並べてあって、模型関係の友人たちが訪ねてくると、みんなで、自分はこれが一番だと思う、と語り合う審査大会になる。最も高いのはこれ、一番珍しいのはこれ、作るのが大変だったのはこれ、好みなのはこれ、といろいろな評価があるとは思うが、「一番みんなが褒めてくれるもの」といった評価は問題外だろう。つまり、人がどう見ようが、これは僕のものなので無関係なのだ。

僕の模型は、同じものをコピィして製品として売っているわけではない。しかし、小説の作品は、売るために作られたもので、コピィが沢山の人の手に渡っている。そして、「みんなが褒めてくれる」という評価基準は、「みんな」の数が圧倒的に多数であるため、無視することはできない。なにしろ、「みんな」の大部分が払った金額の合計が、その仕事の価格にもなるからだ。

しかし、たとえそうであっても、僕は作者であり、自分の作品に対する自己評価というものを持っている。これには「みんなが褒めてくれた」ことはやはり無関係だ。僕が評価をしたものが、みんなに認められたときには、僕とみんながたまたま近いと感じるし、また逆の場合は、みんなは僕から遠いな、と思うだけだ。遠ければ、次の作品でそちらへ向けて照準を変更することはあるかもしれない（まあ、滅多にないが）。

たとえば、最も、ミステリィとして完成度が高いのは『黒猫』である。最も、推理小説らしいのは『詩的私的』だし、最も小説としての芸術性が高いのは自選短編集の『秋子』だろう。一番好きなのは『赤目姫』だし、書き上げて面白かったのは『迷宮』。また、書き上げて驚かされたのは『スクーパ』だった。だいぶまえに、『クロラ』が自信作だと書いたことがあるが、今では、三番めだ。こういうものは、当然入れ替わる。新作の方が、より自信作になるのが普通だ。一番の自信作は、書かないでおこう。

こういった自己評価というのは、それこそ揺らがないものだ。揺らがないことに絶対の確信がある。作家とはそういうものだ、と僕は考えている。人から言われたことで、自分の見方が変わるなんてありえない。どちらかといえば、自信作を褒められると、少し不安になる。それは、見切られたかな、という焦りかもしれない。逆に、自信作を貶されると、これは笑いたくなるほど愉快だ。ほう、やっぱりなぁ、そう簡単にはいかないよ、といったところだろう。みんなの評価が悪いこと、つまりみんなが僕から遠いことが、僕が創作を続ける動機でもある。みんなと自分が同じところにいると感じたら、どうしてわざわざ作品を書く必要があるだろうか。

89 話が通じるような相手ではなくても、話し合う以外にない。

話がまったく通じない、という人間はいる。とにかく、価値観が違う。持っている文化が違う。道理も違う。とことん異なっている。だから、理解し合えるようなことは絶望的だ。仲良くなれるはずもない。こういうとき、お互いによく話し合って、スポーツをするとか歌をうたうとか、そういった別のことで交流をして、などと綺麗事を言う人もいるけれど、僕が一番良いと思うのは、お互いに無視し合うことだ。

無視するというのも、けっこう難しい。非難がしたい、とにかく悪口を言って、相手を責めたいところを、ぐっと堪《こら》えて無視するのだから、ある種の譲歩である。休戦のようなものだ。お互いにこれができれば、まずまずの成果だと思うし、そのままで別れれば良いと思う。さらに、接近することもない。

しかし、この休戦をするためにも、少しは話し合いが必要だろう。勝手にこちらが無視をしても、向こうには通じない。通じたとしたら、かなり話のわかる奴だ。また、無視をしようにも、なんらかの関係が既にあって、まったく無視をし合うということができない場合もある。たとえば、ごく近所で顔を合わせるとか、ゴミを同じところへ出すとか、あるいは、仕事で同じチームだとか、それとも、地理的に隣国だとか、商売上の密接な関係があるとか、である。

こういった場合も、やはり話し合うしかない。話し合うというのは、お互いが妥協をし合う。その妥協点を探るということだ。まずは、相手を非難し合っても良い。言いたいことを言えば良い。このときに怒って席を立つようではルール違反だ。話し合いというのは、そういうルールの上に成り立っている。言いたいことを言えば、相手が言いたいことも聞かねばならない。もちろん、反論もできるし、反論を受けることにもなる。そうしたことを言い尽くした上で、では、どこまで我慢ができるか、という話になる。

屈辱的だ、というものもあるかもしれないが、しかし、殴り合いの喧嘩をするよりは、ずっと紳士的だ。紳士とは、屈辱を甘んじて受けるキャリアのこと。自分をコントロールする能力が、つまりは人間の賢さ、強さである。

間違えてはいけないのは、「腹を割って話す」必要はない、ということ。これはあくまでも技術的な問題であって、「交渉」である。したがって、「ここまで、下手《したて》に出てやったのに」などと腹を立てるのもおかしい。それは、甘えている証拠である。そもそも、腹を割ったくらいで話がまとまるならば、それは話が通じる相手だったということで、まったく前提が違う。そんな話をしているのではない。

90 自分以外のことは、基本的に不特定多数には話さない方が良い。

これは、今の人は特に気をつけるべきことだと思う。かつては、話す相手はごく小さなエリアの限られた関係だった。電話やメールになっても、話は相手に伝わるだけだ。しかし、掲示板になり、ブログになり、ツイッタとなった今では大きく異なる。それなのに、友達にメールをするような感覚で、つい呟いてしまう人が多い。身を滅ぼすことになるまえに、どこまではアップして良いのか、どこからは秘密にしなければならないのか、という判断をしなければならない。あなたの人生がかかった問題だからだ。

これは、「道徳的」といった生易しいものではない。一線を越えれば、犯罪になる。たとえば、万引きだって、多くの少年少女にはさほど罪の意識がないらしい。子供の頃から、好きなものに手を出して、泣き叫ぶという我が儘《まま》が許された。私は好きなものを手にした。あとは誰かがお金を払わないといけないのだろうか。それは誰だろう。といったふうにぼうっとしている人もいる、と聞いた。ほとんどは、なにも考えていない。ただ、欲しいものに自然に手が伸びたというだけらしい。

同様に、面白いことを呟いて、みんなの注目を集めたい、と思っただけだ。お隣の猫が可愛いから写真をアップした。近所の綺麗な人の写真を撮ってアップした。書店にある素敵な本のカバーを写真に撮ってアップした。それをして良いことか悪いことか、という発想さえなかったにちがいない。

法的に問題があるものでも、小さなものは目立たない。誰も注意をしない。だから、これくらいは大丈夫なのだ、と思ってしまう。そうしたことが積み重なっていく。まさか、こんなところまで見張っていないだろう、と本人は考えている。でも、実は知られている。知った側も、面倒だから、小さいことだから、と放置しているだけだ。許しているわけではない。しだいに監視は強まるだろう。これはちょっと許せない、という一線を越えたときに、一気にあなたを潰しにかかってくる。

今は大丈夫でも、いずれは問題になる。今は子供でも、大人になってから蒸し返される。データは残っているのだ。学生だからと無茶をしても、就職してからばらされるかもしれない。だから、そういった汚点になるようなことは、子供のときから、気をつけた方が良い。危ないかな、という迷いがあったら、できれば控えた方が賢明だ。

公開しても良いのは、自分から発したもの、あとは自分が所有するものはだいたいOKだ。それ以外は、所有者や権利者に確認を取ること。それが面倒だったら、一切アップしないこと。みんながやっていても駄目。知らなかったという理屈も通らない。

91

夏が大好きになった。

これまで住んでいたのは、だいたい夏が暑いところだった。結婚して六年ほど過ごした三重県の津市は涼しかったけれど、あとは名古屋だから、夏は地獄のように暑い（地獄はここまで暑くないかもしれない）。だから、夏はもう外で遊ぶのを諦めて、冷房の効いた部屋で作業することが多かった。外に出たら蚊に刺されるし、良いことはない。ただ、小説を書く場所は、ガレージの二階のデスクで、ここは蚊はいないけれど、クーラがない。とても昼間はいられない。夜に扇風機を回して、執筆をしていたのである。

そういう状況だったから、こんなこと長続きするわけがない、と早々に見切って、引退を決意した。すぐに辞めたかったのだが、最強のビーバが作った柵《しがらみ》のために、なかなか休めない。そんなときに、ふと気がついて、涼しい国へ引っ越すことにした。

今のところへ来て、「夏のバカンス」とか「一夏のアバンチュール」とか、西洋の人たちは夏が好きだな、と子供のときから不思議だったことがようやく理解できた。夏がこんなに爽やかで、こんなに気持ちの良いもので、こんなに待ち遠しいのか、と。

とにかく、暑ければ暑いほど素晴らしい。照りつける日差しも眩《まぶ》しくて、すべてが輝く。湿度が低いから、木蔭は本当に涼しい。クーラなんかまったく不要。もちろん、蚊もいない。これなら、「常夏の国」が楽園になるのも許せる。

冬はその分寒いけれど、今どきの日本の住宅よりも断熱がしっかりしているし、家中が床暖房だから、どの部屋も二十四時間二十度に保たれている。分厚い布団なんかいらない。炬燵《こたつ》もいらない。ただ、外が寒いから、早く夏が来ないかな、と待ち遠しい。

初めて、書斎というものを作った。六畳くらいの小さな部屋だが、壁の二面はすべて窓で、山と空と森が見える。天窓もあるが、そこにも樹の枝が見える。アルミサッシではなく木枠の窓だ。もちろん、ガラスは全部二重か三重だから、触っても外気温はわからない。アルミサッシを使っているうちは、日本の住宅も断熱設計とはいえないだろう。

冬も夏も、書斎は快適だ。クーラもストーブもないけれど、常に気持ちが良い。それで、近頃は趣味で小説なんか書いても良いな、と少し思えるようになった。一日に一時間以上は作家の仕事をしない、と決めているが、その一時間がけっこう楽しみになった。

このように、抑制すると、頭にいろいろ溜まってくるから、ストックが豊かになるように感じる。ようするに、書きたいものが増えて、自然に書きたくなる。こういったことは、これまでには一度もなかった。肉体疲労もなく、怪我の危険もなく、なかなか健康に良い趣味ではないか、と今は感じている。

92

子供たちの喜ぶ顔が見たい、と言う大人が情けない。

庭で毎日鉄道に乗っているし、また模型飛行機を飛ばしていたりするので、ときどき、子供を連れた人が「見せて下さい」と近づいてくる。もちろん、危ない部分に注意をして、見てもらうことにしている。なかには、子供がさきに近づいてくることがある。お母さんは少し離れたところから眺めているのだ。子供は、こちらには話をせず、遠くのお母さんに、「凄いよ、来て」と手招きをする。これは、ちょっと困った光景である。本来だったら、まず親が来て、「子供に見せても良いですか？」と許可を取るのが、マナーだろう。子供をさきに行かせるのは、たいてい日本人である。海外では、こういうことは滅多にない。たいてい、子供は子供だけで来るし、大人は大人だけで来る。自分が好きだから見にくる。「子供が好きそうだから見せてやりたい」という発想は、日本の親が持っている傾向らしい。

小説のファンでも、「うちの息子が先生の大ファンなんです」と言ってくる人がいる。これも不思議だ。だったら、その息子が来れば良いだろう、と僕は思う。メールであったら、息子が直接メールしてくれれば良い。そちらの方がどれだけ印象が良いかわからない。少なくとも、僕は雲泥《うんでい》の差を感じる。

庭園鉄道に関しては、僕は子供連れは一切断ることに決めている。自分の楽しみでやっていることで、子供の安全を考えて作られていないからだ。足をぶらぶらさせるだけで非常に危険。怪我でもされたら大変である。そういう説明をする。そして、「大人だけでいらっしゃって下さい」と最後に言うことにしている。

だいたい、子供だって、それほど乗りたいわけではない。ただ、親が面白いというからついてきただけだ。子供の挙動でそれくらいはわかる。親も、子供の興味を引くことを探している。もっと、自分が興味のあることを探してはどうでしょうか、と言いたい。

人間が乗れる鉄道模型をやっている人の多くは、子供を乗せたがる。僕は少数派だ。乗せたがる人は、きっと子供が喜ぶ顔が見られることが楽しみなのだろう。それはそのとおりかもしれない。しかし、僕は、子供が喜ぶ顔と、大人が喜ぶ顔のどちらに価値があるのか、といった比較をしたことはない。乗りたい人が自分から言いにくれば良い。

子供を乗せたことはある。これは、その子供が一人でやってきた。そして、礼儀正しく、「見せてもらえませんか」とお願いをした。話を少ししただけで、鉄道が好きなことがわかったし、知識もあった。こういう人間であれば、子供でも、もちろん大人でも、喜んで乗せる。結果として、喜ぶ顔を見ることになるが、これは悪いものではない。

93 目のつけどころの違いというのが、つまり才能の違いである。

僕の友人には、「天才」と呼べるような人が何人もいる。各分野で、それぞれ一流になっていて、才能を眠らせている人なんて、一人もいない。会うと、まったくその専門の話はしない。ただ、馬鹿話をして、世間話をして、あれは良いね、これはどう？　というごく普通の会話をして別れる。共通しているのは、みんな自分のことに忙しい。友達と会っても、せいぜい二、三時間。夜を徹して酒を飲んだりしない。さっと別れて、そのあとすぐにメールでお礼が来る。つまり、家に帰ったら、まずメールのリプライをして、さっそくなにか仕事をしている様子である。時間を一刻も無駄にしない、というのがこの人たちの間では常識であり、平凡なことなのだ。

そして、そのお礼のメールとか、あとあとその人のブログとか、出版された本などを読むと、たまに僕のことが書いてある。僕の名前が出てこなくても、あ、あのときのことだな、という記述がある。そこで驚くことが二つあって、まず一つは、こちらが言ったなにげない言葉を本当によく覚えている、ということ。そんなにじっくりと議論をしたわけではなく、食べながらとか、なにか見ながらとかのおしゃべりだ。その中のポイントとなる部分を的確に捉えていて、しかもそのときの状況まで正確に再現している。これは、特に創作系の人、イラストレータ、漫画家、作家、映画監督などに共通するもののようだ。ビデオカメラで撮影したように、頭に記録しているのである。

それから、その何気ない言葉からの連想、展開が凄い。こちらは、そこまで考えて言ったわけではない場合でも、その言葉に潜む深意のようなものを取り出している。この切れ味こそが、彼ら彼女らの才能であり、だからこそ一流なのである。

世の中の大多数の普通の人と比較してしまうのはいけないかもしれないが、まさに雲泥の差という「凄み」を実感する。普通の人は、小説やエッセィからよく一文を引用して、そこが凄かった、みたいなことをツイッタとかブログで紹介しているけれど、みんなだいたい同じ文を選ぶし、こちらにしてみたら、「え、そこなの？」と言いたくなるものが八割以上だ。あとの二割も、作者が意図した「わかりやすいキャッチ」の部分だ。それに比べると、やはり天才と言われる人がピックアップするのは、予想もしなかったものだし、自然に、無意識に語った言葉だったりする。そこが凄い。

たとえば、僕が言ったことを、よしもとばなな氏が、「あ、それ凄いね」と返され、僕はそれに驚いて、ああ、そうか、そういえば、と考え直した。それだけで一冊の本が書けた。人間最大の能力というのは、ようするに、この「目のつけどころ」なのである。

94 ツールを活用することで差は広がるが、逆転することはない。

人間というのは、道具が好きだ。古来、道具を次々に発明し、それによって力をつけてきた。また、世界の歴史を見ても、道具によって力を増したグループが台頭する。これは、今でも変わらない。だからこそ、良い道具を得ようと、皆がいつも探している。

たとえば、最近目立って活用されるのは、ネットというツールだ。この中にもいろいろ細かい分類があって、次々に新しいツールが生まれている。いち早くそれを取り入れて成功する人も出る。成功するというのは、金を儲けることだが、現代では、大金を少数から巻き上げる方式は犯罪になる。合法的な商売は、相手がもっと多数で、少しずつ、あるときは気づかれないうちに搾取《さくしゅ》をする。その大勢を相手にするツールとして、ネットは好都合だったわけである。

だから、若者は自分も新しいツールを使いこなしてみようと意気込む。そのツールを使うことで力が何倍にもなるからだ。ツールは、つまりは能力の増幅器《ぞうふくき》のようなもので、これを使う者と、使わない者の差は広がる。ただし、負けた方も黙ってはいない。ツールのせいで負けたとわかれば、そのツールを使い始めるだろう。こうなると、増幅率は同じだから、差は出ないかというとそんなわけではない。もともと持っていた能力が問われることになる。増幅されるので、能力の差も増幅される。格差は広がる。しかし、もともとの能力差が逆転することはない。

つまり、成功するかどうかの最終的な要素は、その本人の能力であり、コンテンツなのである。そして、その多くは、若いときに学んだこと、日頃のインプット、日常的な気づき、極《ご》周辺の人間関係、といったものによって形成されている。

成功した人は、ツールを活用することで、その仕事が成し遂げられた、と強調する。ときどき、そのツールの活用法自体を売り物にして、本を書き、講習会で金を取って教えている。けれども、その成功者と同じ方法で、同じ成功が得られることは、まずないといって良い。何故なら、同じ方法で成功するなら、まだ本を書いたり教えたりはしない。その仕事を続ければ良い。身近な人間にだけ教えてスタッフを増やせば良い。見ず知らずの人に伝授しなくても、商売になる。もうそうはならないから、広めようとするのである。したがって、ツールというのは、広まってきたときには既に終わっている。その増幅率を手に入れた人で溢れかえっていて、ツールに対する需要も消えている。

それよりも大事なことは、自分のコンテンツを見つけ、そのオリジナリティを研《みが》くことだ。それさえあれば、増幅させる作業は人に任せることだってできる。

95 自分のことなのに、あまりにも多すぎてわからなくなる？

自分が多作だとは認識していない。まだデビューして十七年半だ。先輩の作家ならば、もっと何倍も本を出している人が大勢いると想像する。こんな森博嗣でも、ときどきファンの方から、「作品が多すぎて、読んだのか読んでいないのかわからなくなる」「買って読み始めてから、あれ、読んだぞ、と気づくことがある」と言われるようになった。

これは、僕もときどきある。特に、カバーが変わっていたりすると買ってしまう。僕はほとんどカバーで本を覚えているからだ。ちなみに、サッカーを見ていても、野球を見ていても、どことどこが戦っているのか認識しない。ただ、青いユニフォームと赤いユニフォームが試合をしている、と把握しているだけだ。どこのチームかなんて、僕には無関係なのである。

そういうわけで、二回めなのに読むことは稀にある。高校生のときに読んだな、ということを思い出す。それはそれで面白い。そのときと今では、作品は同じでも、受け手である僕がまったく違うのだから、同じ経験ではない。

それから、読者の方から言われるのと同じことが、作者である森博嗣にもある。僕は、「これって、書いた話だったかな、それともまだ書いてなかったかな」ということで悩むことがある。大したアイデアではない場合は諦めるが、これは是非ともここで使いたい、というときは、過去の作品のどこかで書いているかもしれない可能性を調べなければならない。過去の作品はすべてストーリィを覚えているけれど、個々の表現や、言葉選びまでは覚えていないから、少し時間をかけて探すことにしている。もちろん、データはパソコンにあるから、適当なワードで検索をするだけだが。

十七年半まえに小説家としてデビューしたとき、僕はネットをプロモートに活用した。毎日日記を公開し、掲示板で読者とやり取りして、メールにはすべてリプライした。ネットをこのように商売のツールとして使うことは、今でこそ一般的で、芸能人などをはじめ、政治家でも、あるいは一般の企業でも普通にやっているが、当時は極めて珍しかった。たとえば、出版社の人は見向きもしなかった。ある出版社に、ウェブをなんらかの形で本にしたいと提案したが、まったく聞き入れられなかった。しかし、その出版社が断ったことを別の出版社に話したところ、ではうちがやりましょう、とライバル意識からか、実現した。その後、僕はネットで公開したコンテンツを、三十冊ほど出版した。

どこで書いたか、覚えていないものが多々ある。書いたことは覚えていても、誰に伝えたのかが問題になることが、たまにある。

96 これからのネットはどうなるって？　どうにもならないよ。

インターネットは、もう成熟したと僕は思う。いまだに、これが先進で特別なものだと信じている向きもあるが、それはだいぶ鈍いし古い感覚だ。「これからネットはどこへ向かうのか？」なんてよくきかれるけれど、「さあ、どうなんでしょう」としか答えないようになった。一つには、僕自身がネットに厭きたし、二つめには、もうネットは「普通」になってしまったからだ。このさき、どこにも向かわないだろう。

普通というのは、つまり、実際の社会と大差がなくなった、という意味だ。大勢が参加し、商売にも活用され、いろいろなグループができ、いろいろな広告をして、情報や意見を交換している。普通の「メディア」になったな、と思う。ただ、これまでの、TVや新聞やラジオや出版を全部統合したような存在にはなっただろう。もう、大きな新しさは生まれないと感じる。そういう余地がなくなった。すべてがさらに便利になり、洗練されていくだろうけれど、十年くらいまえまであった「なにか新しい世界があるのではないか」という夢は、完全に消えてしまった。

何故消えたのかというと、いくら大勢が参加しても、結局は、金を稼ぎたいとか、友達を作りたいとか、そういった「普通」の目的にしか使われなかったからだ。使う人間が新しくなっていないのに、ネットが新しさを生み出すことはできない。誰も創作せず、誰も考えず、ただ、「つながりたい」だけだったのだ。そういうことがわかった十数年間だったといえる。

僕がネットに厭きたのは、もう新しさが見つけられないからだが、しかし、便利であることは確かなので、普通にこれを使っていきたいとは思っている。少なくとも、これまでのメディアよりは優れている。だからこそ、普及したのだ。

ツイッタをやらない話はこのまえ書いた。僕には必要がない。もうプロモートするような商売をしなくても良くなったからだ。フェイスブックもやらない。あれは、まさに社会の縮図で、みんなが善人ぶって、社交辞令を交換し合っている。匿名《とくめい》の2ちゃんねるの方がまだ素直で目新しかった。いずれも、搾取されるために喜んで加わるようなものでもない。友達は間に合っているし、自分を売り込むような動機もない。活用すれば、それなりにまだ少しは稼げそうだが、もういいよ、といったところか。

思えば、良い時代だった。ミステリィはブームだったし、ネットは萌芽期《ほうがき》で、なにをしても草分け的なメリットが得られた。こういったタイミングは運だと思う。しかし、どんな時代にも、運はある。小さい運でも、集めれば大きくできるだろう。

97

基礎を学ぶことは、一生の宝になると思う。

たとえば、子供のときに、ちょっとなにかの楽器を習えば、どんな年齢になっても、新しい楽器に入門しやすくなる。基本的な部分は、基本的であるほど、応用範囲が広い。

僕は、小学生の頃にエレクトロニクスに興味を持った。今では、この「エレクトロニクス」という言葉も聞かなくなったが、ようするに電子回路である。当時は、真空管からトランジスタへ変わる時期だった。小学生だから、部品を購入するのも、少ないこづかいからだったけれど、小学校の友達とダイオードやコンデンサを交換し合って、ラジオやアンプやセンサなどを作った。最初は小学四年生だったと思う。ハンダづけをして作ったが、ハンダの熱で、幾度かダイオードを壊したものだ。

その後、大人になってからは、これといって電子工作をしていない。なにしろ、自作するよりも製品が安く買えるようになってしまった。アマチュア無線をやっていたのは中学生のときだが、高校になったらほとんどやらなくなった。電話をすれば良いじゃないか、と思えたからだ。でも、四十代になって、オーディオアンプの自作に凝って、真空管のものばかり作り続けたときもある。あまりにも金がかかり、あまりにも重いので、やがて下火になった。もちろん、自作のスピーカ・ボックスで聴いてはいる。

　今でもときどき、電子基板を買って、工作に使うことがある。今どきは、もうトランジスタと呼ばれる円筒形の部品はない。すべてＩＣになりＬＳＩの中に取り込まれた。もの凄い回路が、いとも簡単に作れるし、しかも目が飛び出るほど安い。簡単にいうと、百分の一くらい安くなったし、性能は百倍になった。

　基板が壊れたときに、部品を購入して直すのだが、ほとんどわけがわからない。でも、ネットでナンバを調べ、注文すると数十円で買える。これをハンダづけし直せば、また元どおりになる。どうしても直らないときは、基板ごと買い替えれば良い。せいぜい数千円だ。凄い世の中になった。あらゆる目的の基板がたいてい簡単に入手できる。

　ただ、こういったことがぎりぎりでも可能なのは、やはり、トランジスタ時代の基礎があるからだ。ハンダづけができるからだ。すべて小学生の僕が身につけていた技術である。一所懸命に本を読んだおかげなのだ。今から、学ぼうとしても、きっと難しすぎるだろう。基本的な道理を知っていることで、その基本に立脚したその後の技術を、とりあえず自分的に理解することができる。解釈ができる、といっても良い。知っているのは、オームの法則だけだし、計算はかけ算ができれば良い。若いときに基礎を学べば学ぶほど、その後の一生の楽しみを、高く築くことができるだろう。

98 頭のおかしい人間というのは、若者よりも年寄りに多い。

これは、僕の感覚的な観測である。ああ、この人に近づいたら駄目だな、縁を切った方が良いな、という人がときどきいる。もちろん、犯罪と呼べるほどの攻撃性はないが、それでも、親しくしていると侵略的なことを少しずつするようになる。

この種の困った人というのは、若者には少ない。僕自身が若いときにも、これは同じだった。同年輩では危ない人は少ないが、年寄りは恐いな、と感じたものだ。そして、今は自分が年寄りになったけれど、やはり、気をつけた方が良いのは年寄りだ。

これは、犬もそうだ。二歳くらいまでの若い犬は、たいていは友好的だ。たぶん、犬以外でもそうだろうと思う。好奇心があるからなのか、それとも、自信がないからなのか、とにかく、横柄な態度を隠し、様子を窺う。年寄りになると、我が出るし、荒っぽくもなる。やはり、歳を取ったことによる「偉くなった感」みたいなものが基本的にあるのだろう。少なくとも、長く生きてきたという自信を皆が持っているのだ。

また、年寄りは、主義というか、嗜好が凝り固まっている人が多い。新しいものを受け入れない。よく見もしないで、「それは駄目」と突っぱねる。そんな頭の固い人間になる。「頭が固い」というのは、頭が良い状態で固く（頑固に）なるのではない。悪い状態のままで固定化するのだ。したがって、頭の固い人というのは、ほぼ例外なく頭がおかしい人だともいえる。良い状態で頑固になる人は、少ないけれど、たまにいる。この場合は、人の意見をかなり尊重する。ただ、自分の主義を変えないという頑固さがあるだけで、人当たりの悪さは表面化しないので、頭が固いとは周囲には見られない。

僕の奥様は、僕以外の人には人当たりが大変良く、人の話に合わせ、聞き上手で愛想が良い。しかし非常に頑固で、ほとんど他者の意見を受け入れない。僕は、人当たりは（たぶん）悪いが、人の話は聞いている方だし、正しいものはすぐに取り入れ、自分の主義主張など、ころっと変える方なので、少なくとも頑固ではない、と思う。

ようするに、見かけではわからないということだ。特に、歳を取るほどわかりにくくなる。各種のシールドで、表面的なものを装うからだ。

ただ、ほんのときどき、本性というものが出る。いつも穏やかな人なのに、ちょっと変だったり、お金持ちのはずなのに、何故か金を貸してほしいと言ったり、そういう小さなギャップを見逃さないことである。これまでの見方をキャンセルして、その人間の評価をし直す必要がある。信頼とはそういうもので、小さな一度の不信で消える。信頼できる人というのは、その小さな一度の不信を、絶対にしない人のことだ。

99 もう一度生まれ変われるとしたら、何がしたい？

けっこうこういう質問をされることがあるし、またこういう質問に対する返答を真剣に考える人が多いので驚く。そんなの、考えたってしかたがないじゃないか、というのが、僕の返答である。考える時間がもったいない。なにしろ、今したいことが目白押しなのだから。

そもそも、「生まれ変わる」というのは、何なのか。これがもうわからない。今の記憶を持ったままで、また赤ん坊になるということだろうか。それはオカルトである。頼まれてもしたくない。だから、この質問をされたら、「生まれ変わりたくない」というのが妥当な線ではないか。

そうではない、記憶などまったくなくなって、ただ生まれ変わるのだ、と言う人がいたが、それは、普通じゃないか。誰かが死んだあと、誰かが生まれる。何をもって「生まれ変わり」と言うのだろうか。顔とか姿が同じ（つまり遺伝子が同じ）という意味だろうか。それなら生まれ変わりかもしれないが、その場合は、「生まれ変わったら、ファッションモデルになりたい」という夢はやはり叶わないだろう。生まれ変わって、異性になりたい、というのも無理だと思う。

生まれ変わって、そちらの人生を送ったあと、また今のこの人生に戻ってくる、というSFみたいなシチュエーションだとしたら、かなり面倒なことになる。七十年も別人で生きてきたら、戻ってきたときに、もう以前の自分を忘れているんじゃないだろうか。

こう考えてはどうか。今の人生が、実は誰かの生まれ変わりで、死んだらその人にまた戻って、ああ、面白い人生だったな、とか感想を漏らしたりして、またもう一度死ぬ場面を経験するのである。わけがわからない？

以前、ラジオ番組だったかで、子供にこの質問をしていたのを聴いたことがある。小学生に、「生まれ変われるなら、何になりたい？」って尋ねているのだ。これは、ちょっと問題ではないかと感じた。でも、子供たちはみんな朗らかに、「マリオになりたい」とか、「ツバメになりたい」とか答えていた。マリオはゲームのマリオらしい。ツバメは、鳥のツバメだと思う。そうじゃなかったら、「なれよ」と言いたくなる。

そもそも、「生まれ変わる」ためには、死ななくてはいけない、というのが常識である。だから、ようするに、「死んだら、次は何がいい？」みたいな質問なのだ。そうなると、「宇宙の塵《ちり》」と答えるくらいが、まあまあ妥当なところだと思う。え？　格好つけているのではなくて……。

100 しなければならないことは、すべて自分がしたいことだ。

毎日、明日は何をしようか、来月は何をしようか、来年は何をしようか、と考えている。明日したいことを思いついたら、今日のうちに準備すべきことができる。

若かった頃は、したいことよりも、しなければならないことの方が多かった。明日しなければならないことが、明日だけでは無理で、しかたがないので、明後日もすることになるだろう、と考えてばかりいた。ただ、しなければならないことをしていれば、そのうち、したいことができる自分になるのではないか、という微《かす》かな予感はあった。その予感は、たぶん当たっていたと思う。

今は、どうしてもすぐにしなければならないことは一つもない。全部いつでも良いものだ。それでも、順番に片づけている。自分自身の欲求から下りてきた課題である。したがって、全部自分のためにしているので、これはしなければならないというよりは、したいことの一部だともいえる。ただ、面倒なのだ。疲れるし、躰もあちらこちら痛くなる。やらないで、のんびりコーヒーを飲んで本でも読んでいれば、その場はなかなか楽しい。でも、それではどうも自分自身が前進していないような気分になる。「しょうがないなあ、じゃあ、やるか」と腰を上げるのだ。

やりだすと、それ自体はけっこう楽しい。面倒ではあるけれど、充実した手応えがある。最近は、できるだけ回り道をして、一歩一歩ことを運ぶように自分に言い聞かせている。せっかちだから、つい作業をはしょってしまう。それがいけない、と反省しているからだ。でも、やっているときに思いついたことは、すぐに優先してやってしまう。だから、作業はやりかけのままになるものが多い。あとで戻ってきて、再びそれをすることになるが、そのときにはもう、したいことではなく、しなければいけないことになっている。途中までやったんだから、今さらやめられない、みたいなふうに。

子供のときは、そのまま放り出していた。あまりにも、思いつくことが多くて、新しいことばかりやっていたから、ちっとも元の作業に戻れない。そのうち、情熱も冷めて、見るのも嫌になってしまう。こういう経験を重ねたから、成し遂げられないと前進しない、という感覚を学んだ。たまに成し遂げることができると、前進を体感するからだ。

今頃になって、ようやく子供のときの悪い癖が直ったのか、というとそうでもない。ただ、頭脳が衰えて、思いつくことが少なくなっただけだろう。それとも、自分に気を利かせて、思いつかないようにコントロールしているのか。どちらにしても、折り合いをつけたということではある。そういう人生だった。これからもこういう人生だろう。

解説

嗣永桃子《つぐながももこ》（Berryz 工房）

『つぼやきのテリーヌ』を読み終えた皆様こんにちは♡　みんなのアイドルいつでも可愛い〝ももち〟こと嗣永桃子です♡
森博嗣先生の本でお会いするのは、にどめましてになります♡
はじめましては『つぶやきのクリーム』の解説を書かせていただいた時でした。ももちにとって解説を書くということは初体験だったので、解説の正解がわからず思うがままに自由に書かせていただきました。その解説が……大大大好評～♡（一部の間で♡）
それで、今回も解説のお話をいただきました。わーい♡　ありがとうございま～す♡
たくさんの方から、こんな解説はじめて！　斬新すぎる！　とのお言葉をいただき嬉しかったです。そしてなにより嬉しかったのは……皆様、この本の168ページをもう一度ご覧下さい!!
「74　文庫の解説者の選び方について。」のテーマの2ページ目です!!

13行目！　森博嗣先生が、前回のももちの解説についてこう書いていらっしゃいます!!

「僕は非常に良い解説だと感じた。書評家や作家には書けないものだ。」

きゃあああ♡♡　ベタ褒めです♡　さすがのももちも直接こんなお言葉をいただいたら照れちゃいます（ちなみにももちは嬉しすぎて、その一文に桃色の蛍光ペンでラインを引いてしまいました♡）。

なので今回も張り切って解説を書かせていただきたいと思いま〜す。よろしくお願い致します♡

今回の作品『つぼやきのテリーヌ』も森博嗣ワールド全開で、森博嗣先生ならではの考え方や、ものの捉え方が盛りだくさんで読んでいて面白い!!　というのはもちろんですが、人生の教訓になることも多々あり、とても勉強になりました♡　ページをめくるたびに、自分の視野がどんどん広がっていく様な気がして一気に読み終えてしまいました♡

中でも心にグッときたのは「2　謝り慣れた人間ほど、ミスが多く、同じ失敗を繰り返す。」です。読み始めて5分も経たないうちに感無量です。正論すぎて何も言えません。「謝れば済む、と思っている人は、何度もミスをする。本心で反省などしていないから、すぐに謝れるのだし、本心でないから、またミスをするのである。」………はい。私、正直謝ってばかりです。毎日1回は必ず「許してにゃん♡」と謝っています……。いや、むしろ「許してにゃん♡」って1日3回は謝ろう!! とノルマまで設定しております。謝れば済むと思っている訳ではないのですが、実際に「許してにゃん♡」と謝って許されなかったことがないので調子に乗っていたことは否めません……。けれども♡ 本心で本気で反省しております♡ これからは、きちんと森博嗣先生がおっしゃっているように言い訳をあれこれして信頼されるようになりたいと思いま～す♡♡♡

……このような発言をすると、ももちを見ているとイライラする。場所を考えろ!! 本当に空気読めないなあ～。ももちマジ嫌い。という声をよく耳にします。そういう声を聞くたび、またまた～♡ ももちの可愛さに嫉妬ですか～♡ と言ってみたり、あれあれ～♡ 小学生男子によくある好きな女の子に意地悪しちゃうタイプの方ですか～?♡ などと言い返したりしますが、あぁ、またキライって言われちゃった……とちょっぴりしょんぼりしちゃう時もあります。しかーし♡ 森博嗣先生はももちに向けて、こんなステキなお言葉を書かれていました♡♡

「39　好きも嫌いも、興味のあるものに対する評価である。」森博嗣先生によりますと、嫌いだということは興味があるということで無関心よりも有難いものである。しかも、かつて嫌いなものが時間によって好きになることもある、とのこと。なんだか、とっても嬉しく、心がポカポカになりました♡

嫌いだということは、それだけ注目して見てくれているからで、知りもしない人を嫌いにはなれない。なんだか今まで以上にポジティブになれたような気がします♡　たとえ「ももちって言うほど可愛くないよね。顔に印象がないというか……」と言われても、「もものこと好きって周りに知られるのが恥ずかしい」と言われても、ただただすれ違っただけの人に舌打ちされても!!　時間が経てば好きになってくれる♡　好きになっていただけるようにもっと魅力的な女の子になろう♡　と考えられるようになりました。森博嗣先生には感謝感謝です♡

本当にこの『つぼやきのテリーヌ』のパワーは凄いです。魔法の本みたーい♡

だけどここまで解説を書いてみて思いました。ももちは本を読むことが好きなのですが、沢山の本が書店に並んでいる中でどうやって次に読む本を決めるかと言いますと、まず本の裏表紙のあらすじや帯なんかを見てしっくりきたらレジへと持っていきます。となると、この解説は本を買うときの決め手になると言っても過言ではありません!!

きゃあああ♡　なんだか責任重大♡♡　大丈夫かな〜？
この解説を読んであきれてしまったら……許してにゃん♡
だけど、こんな素敵な作品の解説を担当できたももちは、世界一幸せ者です♪♪♪

本書は文庫書下ろしです。

|著者| 森 博嗣 作家、工学博士。1957年12月生まれ。名古屋大学工学部助教授として勤務するかたわら、1996年に『すべてがFになる』(講談社)で第1回メフィスト賞を受賞しデビュー。以後、続々と作品を発表し、人気を博している。小説に『スカイ・クロラ』シリーズ、『ヴォイド・シェイパ』シリーズ(ともに中央公論新社)、『相田家のグッドバイ』(幻冬舎)、『喜嶋先生の静かな世界』(講談社)など、小説のほかに、『自由をつくる 自在に生きる』(集英社新書)、『孤独の価値』(幻冬舎新書)などの多数の著作がある。2010年には、Amazon.co.jpの10周年記念で殿堂入り著者に選ばれた。ホームページは、「森博嗣の浮遊工作室」(http://www001.upp.so-net.ne.jp/mori/)。

つぼやきのテリーヌ The cream of the notes 2

森《もり》 博嗣《ひろし》

2013年12月13日第1刷発行
2015年4月1日第6刷発行

発行者——鈴木 哲
発行所——株式会社 講談社
東京都文京区音羽2-12-21 〒112-8001
電話 出版部 (03) 5395-3510
販売部 (03) 5395-5817
業務部 (03) 5395-3615

Printed in Japan

講談社文庫
定価はカバーに表示してあります

デザイン—菊地信義
本文データ制作—講談社デジタル製作部
印刷———大日本印刷株式会社
製本———株式会社大進堂

ISBN978-4-06-277697-4

講談社文庫刊行の辞

二十一世紀の到来を目睫に望みながら、われわれはいま、人類史上かつて例を見ない巨大な転換期をむかえようとしている。

世界も、日本も、激動の予兆に対する期待とおののきを内に蔵して、未知の時代に歩み入ろうとしている。このときにあたり、創業の人野間清治の「ナショナル・エデュケイター」への志を現代に甦らせようと意図して、われわれはここに古今の文芸作品はいうまでもなく、ひろく人文・社会・自然の諸科学から東西の名著を網羅する、新しい綜合文庫の発刊を決意した。

激動の転換期はまた断絶の時代である。われわれは戦後二十五年間の出版文化のありかたへの深い反省をこめて、この断絶の時代にあえて人間的な持続を求めようとする。いたずらに浮薄な商業主義のあだ花を追い求めることなく、長期にわたって良書に生命をあたえようとつとめるところにしか、今後の出版文化の真の繁栄はあり得ないと信じるからである。

同時にわれわれはこの綜合文庫の刊行を通じて、人文・社会・自然の諸科学が、結局人間の学にほかならないことを立証しようと願っている。かつて知識とは、「汝自身を知る」ことにつきていた。現代社会の瑣末な情報の氾濫のなかから、力強い知識の源泉を掘り起し、技術文明のただなかに、生きた人間の姿を復活させること。それこそわれわれの切なる希求である。

われわれは権威に盲従せず、俗流に媚びることなく、渾然一体となって日本の「草の根」をかたちづくる若く新しい世代の人々に、心をこめてこの新しい綜合文庫をおくり届けたい。それは知識の泉であるとともに感受性のふるさとであり、もっとも有機的に組織され、社会に開かれた万人のための大学をめざしている。大方の支援と協力を衷心より切望してやまない。

一九七一年七月

野間省一

講談社文庫 目録

舞城王太郎　煙か土か食い物〈Smoke, Soil or Sacrifices〉
舞城王太郎　世界は密室でできている。〈THE WORLD IS MADE OUT OF CLOSED ROOMS〉
舞城王太郎　熊の場所
舞城王太郎　九十九十九
舞城王太郎　山ん中の獅見朋成雄《しみともなるお》
舞城王太郎　好き好き大好き超愛してる。
舞城王太郎　NECK《ネック》
舞城王太郎　SPEEDBOY!
舞城王太郎　獣の樹
舞城王太郎　イキルキス
松尾由美　ピピネラ
松久淳　田中渉・絵　四月ばーか
松浦寿輝　花腐《くた》し
松浦寿輝　あやめ 鰈 ひかがみ
真山仁　虚像の砦
真山仁　レッドゾーン(上)(下)
真山仁　新装版 ハゲタカ(上)(下)
真山仁　新装版 ハゲタカII(上)(下)
毎日新聞科学環境部　理系白書〈この国を静かに支える人たち〉

毎日新聞科学環境部　「理系」という生き方〈理系白書2〉
毎日新聞科学環境部　迫るアジア どうする日本の研究者〈理系白書3〉
前川麻子　すきもの
町田忍　昭和なつかし図鑑
松井雪子　チル☆
牧秀彦　裂帛《れっぱく》〈五坪道場一手指南〉
牧秀彦　凛々《りんりん》〈五坪道場一手指南〉
牧秀彦　雄飛《ゆうひ》〈五坪道場一手指南〉
牧秀彦　清冽《せいれつ》〈五坪道場一手指南〉
牧秀彦　美剣《びけん》〈五坪道場一手指南〉
牧秀彦　無我《むが》〈五坪道場一手指南〉
真梨幸子　孤虫症《こちゅうしょう》
真梨幸子　深く深く、砂に埋めて
真梨幸子　女ともだち
真梨幸子　クロク、ヌレ!
真梨幸子　えんじ色心中
まきの・えり　ラブファイト(上)(下)〈聖母少女〉
牧野修　黒娘 アウトサイダー・フィメール
毎日新聞夕刊編集部　女はトイレで何をしているのか?〈現代ニッポン人の生態学〉

前田司郎　愛でもない青春でもない旅立たない
間庭典子　走れば人生見えてくる
松本裕士　兄〈追憶のhide〉弟
枡野浩一　結婚失格
円居挽　丸太町ルヴォワール
円居挽　烏丸ルヴォワール
円居挽　今出川ルヴォワール
松宮宏　秘剣こいわらい
松宮宏　くすぶり亦蔵《またぞう》〈秘剣こいわらい〉
丸山天寿　琅邪《ろうや》の鬼
丸山天寿　琅邪《ろうや》の虎
町山智浩　アメリカ格差ウォーズ 99%対1%
松岡圭祐　探偵の探偵
松岡圭祐　探偵の探偵II
松岡圭祐　探偵の探偵III
三好徹　政・財 腐蝕の100年
三好徹　政・財 腐蝕の100年 大正編
三浦哲郎　曠野の妻
三浦綾子　ひつじが丘

講談社文庫　目録

宮部みゆき　ステップファザー・ステップ
宮部みゆき　新装版 震える岩 〈霊験お初捕物控〉
宮部みゆき　新装版 天狗風 〈霊験お初捕物控〉
宮部みゆき　ICO《イコ》―霧の城―(上)(下)
宮部みゆき　ぼんくら(上)(下)
宮部みゆき　新装版 日暮らし(上)(下)
宮部みゆき　おまえさん(上)(下)
宮部みゆき　小暮写眞館(上)(下)
宮子あずさ　看護婦が見つめた人間が死ぬということ
宮子あずさ　看護婦が見つめた人間が病むということ
宮子あずさ　ナースコール
宮本昌孝　夕立太平記
宮本昌孝　影十手活殺帖
宮本昌孝　おねだり女房 〈影十手活殺帖〉
宮本昌孝　家康、死す(上)(下)
皆川ゆか　機動戦士ガンダム外伝 〈THE BLUE DESTINY〉
皆川ゆか　新機動戦記ガンダムW(ウイング)外伝 ～右手に鎌を左手に君を～
皆川ゆか　評伝シャア・アズナブル 〈《赤い彗星》の軌跡〉
三浦明博　滅びのモノクローム
三好春樹　なぜ、男は老いに弱いのか?
見延典子　家を建てるなら
道又　力　開封 高橋克彦
三津田信三　忌《い》館《かん》 〈ホラー作家の棲む家〉
三津田信三　作者不詳 〈ミステリ作家の読む本〉(上)(下)
三津田信三　蛇《じゃ》棺《かん》葬《そう》
三津田信三　百《ひゃく》蛇《じゃ》堂《どう》 〈怪談作家の語る話〉
三津田信三　厭魅《まじもの》の如き憑くもの
三津田信三　凶鳥《まがとり》の如き忌むもの
三津田信三　首無《くびなし》の如き祟るもの
三津田信三　山魔《やまんま》の如き嗤《わら》うもの
三津田信三　水魑《みづち》の如き沈むもの
三津田信三　密室《ひめむろ》の如き籠《こも》るもの
三津田信三　生霊《いきだま》の如き重《だぶ》るもの
三津田信三　スラッシャー 廃園の殺人
三津田信三　シェルター 終末の殺人
宮下英樹と「センゴク」取材班　センゴク合戦読本
宮下英樹と「センゴク」取材班　センゴク武将列伝
三輪太郎　あなたの正しさと、ぼくのセツナさ
三輪太郎　死という鏡 〈この30年の日本文芸を読む〉
汀《みぎわ》こるもの　パラダイス・クローズド 〈THANATOS〉
汀《みぎわ》こるもの　まごころを、君に 〈THANATOS〉
汀《みぎわ》こるもの　フォークの先、希望の後 〈THANATOS〉
宮田珠己　ふしぎ盆栽ホンノンボ
道尾秀介　カラスの親指 〈by rule of CROW's thumb〉
道尾秀介　水の柩
深木《みき》章子《あきこ》　鬼畜の家
深木章子　衣更月《きさらぎ》家の一族
深志美由紀《みゆき》　美食の報酬
村上　龍　海の向こうで戦争が始まる
村上　龍　アメリカン★ドリーム
村上　龍　ポップアートのある部屋
村上　龍　走れ!タカハシ
村上　龍　愛と幻想のファシズム(上)(下)
村上　龍　村上龍全エッセイ 〈1976~1981〉
村上　龍　村上龍全エッセイ 〈1982~1986〉
村上　龍　村上龍全エッセイ 〈1987~1991〉
村上　龍　超電導ナイトクラブ

講談社文庫　目録

村上龍　イビサ
村上龍　長崎オランダ村
村上龍　フィジーの小人
村上龍　368Y Par4 第2打
村上龍　音楽の海岸
村上龍　村上龍料理小説集
村上龍　村上龍映画小説集
村上龍　ストレンジ・デイズ
村上龍　共生虫
村上龍　新装版 限りなく透明に近いブルー
村上龍　新装版 コインロッカー・ベイビーズ
村上龍　歌うクジラ (上)(下)
村上龍・坂本龍一　EV.Café──超進化論
向田邦子　眠る盃
向田邦子　夜中の薔薇
村上春樹　風の歌を聴け
村上春樹　1973年のピンボール
村上春樹　羊をめぐる冒険 (上)(下)
村上春樹　カンガルー日和

村上春樹　回転木馬のデッド・ヒート
村上春樹　ノルウェイの森 (上)(下)
村上春樹　ダンス・ダンス・ダンス (上)(下)
村上春樹　遠い太鼓
村上春樹　国境の南、太陽の西
村上春樹　やがて哀しき外国語
村上春樹　アンダーグラウンド
村上春樹　スプートニクの恋人
村上春樹　アフターダーク
村上春樹・佐々木マキ絵　羊男のクリスマス
村上春樹・佐々木マキ絵　ふしぎな図書館
村上春樹・糸井重里　夢で会いましょう
村上春樹・文　安西水丸・絵　ふわふわ
U・K・ル=グウィン　村上春樹訳　空飛び猫
U・K・ル=グウィン　村上春樹訳　帰ってきた空飛び猫
U・K・ル=グウィン　村上春樹訳　素晴らしいアレキサンダーと、空飛び猫たち
U・K・ル=グウィン　村上春樹訳　空を駆けるジェーン
T・ファリッシュ著　B・ルート絵　村上春樹訳　ポテト・スープが大好きな猫
群ようこ　濃い人々〈いとしの作中人物たち〉

群ようこ　いいわけ劇場
群ようこ　浮世道場
群ようこ　馬琴の嫁
室井佑月　Piss《ピス》
室井佑月　子作り爆裂伝
室井佑月　ママの神様
室井佑月・丸山あかね　プチ美人の悲劇
村山由佳　すべての雲は銀の… (上)(下)
村山由佳　永遠。
室井滋　ふぐママ
室井滋　心ひだひだ
室井滋　うまうまノート
室井滋　気になり飯《めし》〈うまうまノート②〉
村野薫　死刑はこうして執行される
睦月影郎　義《あ》姉《ね》〈武芸者 冴木澄香〉
睦月影郎　有《う》情《じょう》〈武芸者 冴木澄香〉
睦月影郎　忍《しのび》萌《もえ》
睦月影郎　変《かわり》萌《もえ》
睦月影郎　卍《まんじ》萌《もえ》

講談社文庫　目録

睦月影郎　甘《あま》蜜《みつ》三《ざん》昧《まい》
睦月影郎　平成好色一代男　独身娘の部屋
睦月影郎　平成好色一代男　清純コンパニオンの好奇心
睦月影郎　平成好色一代男　和装セレブ妻の香り
睦月影郎　新・平成好色一代男　秘伝の書
睦月影郎　新・平成好色一代男　元部下のOL
睦月影郎　新・平成好色一代男　隣人と。女子アナと。
睦月影郎　帰ってきた平成好色一代男　一の巻
睦月影郎　平成好色一代男　占女《せんにょ》楽天編
睦月影郎　武家娘〈明暦江戸隠密控〉
睦月影郎　Gのカンバス
睦月影郎　密通妻
睦月影郎　姫《ひめ》遊《なそび》
睦月影郎　肌《はだ》褥《しとね》
睦月影郎　影《かげ》舞《まい》
睦月影郎　傀《く》儡《ぐつ》舞《まい》
睦月影郎　とろり蜜姫・掛け乞い〈睦月影郎傑作選〉
向井万起男　渡る世間は「数字」だらけ
向井万起男　謎の1セント硬貨〈真実は細部に宿る in USA〉

村田沙耶香　授乳
村田沙耶香　マウス
村田沙耶香　星が吸う水
森村誠一　暗黒流砂
森村誠一　殺人の花客
森村誠一　ホームアウェイ
森村誠一　殺人のスポットライト
森村誠一　殺人プロムナード
森村誠一　流星の降る町〈『星の町』改題〉
森村誠一　完全犯罪のエチュード
森村誠一　影の祭り
森村誠一　殺意の接点
森村誠一　レジャーランド殺人事件
森村誠一　殺意の逆流
森村誠一　情熱の断罪
森村誠一　残酷な視界
森村誠一　肉食の食客
森村誠一　死を描く影絵
森村誠一　エネミイ

森村誠一　深海の迷路
森村誠一　マーダー・リング
森村誠一　刺客の花道
森村誠一　殺意の造型
森村誠一　ラストファミリー
森村誠一　夢の原色
森村誠一　ファミリー
森村誠一　虹の刺客(上)(下)〈小説・伊達騒動〉
森村誠一　雪煙
森村誠一　殺人倶楽部
森村誠一　ガラスの密室
森村誠一　作家の条件〈文庫決定版〉
森村誠一　死者の配達人
森村誠一　名誉の条件
森村誠一　真説忠臣蔵
森村誠一　霧笛の余韻
森村誠一　悪道
森村誠一　悪道　西国謀反
森村誠一　ミッドウェイ

森　瑤子　夜ごとの揺り籠、舟、あるいは戦場
守　誠　3分単〈1日3分・「簡単パズル」で覚える・英単語〉
森　詠　吉原首代　左助始末帳
毛利恒之　月光の夏
毛利恒之　地獄の虹
毛利恒之　虹の絆〈ハワイ日系人 母の記録〉
森まゆみ　抱きしめる、東京〈町とわたし〉
森田靖郎　東京チャイニーズ〈裏歌舞伎町の流氓《コンス》たち〉
森田靖郎　TOKYO犯罪公司
森　博嗣　すべてがFになる〈THE PERFECT INSIDER〉
森　博嗣　冷たい密室と博士たち〈DOCTORS IN ISOLATED ROOM〉
森　博嗣　笑わない数学者〈MATHEMATICAL GOODBYE〉
森　博嗣　詩的私的ジャック〈JACK THE POETICAL PRIVATE〉
森　博嗣　封印再度〈WHO INSIDE〉
森　博嗣　まどろみ消去〈MISSING UNDER THE MISTLETOE〉
森　博嗣　幻惑の死と使途〈ILLUSION ACTS LIKE MAGIC〉
森　博嗣　夏のレプリカ〈REPLACEABLE SUMMER〉
森　博嗣　今はもうない〈SWITCH BACK〉
森　博嗣　数奇にして模型〈NUMERICAL MODELS〉

森　博嗣　有限と微小のパン〈THE PERFECT OUTSIDER〉
森　博嗣　地球儀のスライス〈A SLICE OF TERRESTRIAL GLOBE〉
森　博嗣　黒猫の三角〈Delta in the Darkness〉
森　博嗣　人形式モナリザ〈Shape of Things Human〉
森　博嗣　月は幽咽のデバイス〈The Sound Walks When the Moon Talks〉
森　博嗣　夢・出逢い・魔性〈You May Die in My Show〉
森　博嗣　魔剣天翔〈Cockpit on knife Edge〉
森　博嗣　今夜はパラシュート博物館へ〈THE LAST DIVE TO PARACHUTE MUSEUM〉
森　博嗣　恋恋蓮歩の演習〈A Sea of Deceits〉
森　博嗣　六人の超音波科学者〈Six Supersonic Scientists〉
森　博嗣　捩れ屋敷の利鈍〈The Riddle in Torsional Nest〉
森　博嗣　朽ちる散る落ちる〈Rot off and Drop away〉
森　博嗣　赤緑黒白〈Red Green Black and White〉
森　博嗣　虚空の逆マトリクス〈INVERSE OF VOID MATRIX〉
森　博嗣　φ《ファイ》は壊れたね〈PATH CONNECTED φ BROKE〉
森　博嗣　θ《シータ》は遊んでくれたよ〈ANOTHER PLAYMATE θ〉
森　博嗣　τ《タウ》になるまで待って〈PLEASE STAY UNTIL τ〉
森　博嗣　ε《イプシロン》に誓って〈SWEARING ON SOLEMN ε〉
森　博嗣　λ《ラムダ》に歯がない〈λ HAS NO TEETH〉

森　博嗣　η《イータ》なのに夢のよう〈DREAMILY IN SPITE OF η〉
森　博嗣　目薬α《アルファ》で殺菌します〈DISINFECTANT α FOR THE EYES〉
森　博嗣　イナイ×イナイ〈PEEKABOO〉
森　博嗣　キラレ×キラレ〈CUTTHROAT〉
森　博嗣　タカイ×タカイ〈CRUCIFIXION〉
森　博嗣　議論の余地しかない〈A Space under Discussion〉
森　博嗣　探偵伯爵と僕〈His name is Earl〉
森　博嗣　レタス・フライ〈Lettuce Fry〉
森　博嗣　君の夢　僕の思考〈You will dream while I think〉
森　博嗣　四季　春～冬
森　博嗣　森博嗣のミステリィ工作室
森　博嗣　アイソパラメトリック
森　博嗣　悠悠おもちゃライフ
森　博嗣　僕は秋子に借りがある I'm in Debt to Akiko〈森博嗣自選短編集〉
森　博嗣　どちらかが魔女 Which is the Witch?〈森博嗣シリーズ短編集〉
森　博嗣　的を射る言葉〈Gathering the Pointed Wits〉
森　博嗣　森博嗣の半熟セミナ　博士、質問があります！
森　博嗣　DOG&DOLL
森　博嗣　TRUCK&TROLL

講談社文庫　目録

2015年3月15日現在